萬木椿湫

李宝森 著

華文出版社

图书在版编目（CIP）数据

万木椿湫 / 李宝森著. -- 北京：华文出版社，2021.9（2022.2重印）
ISBN 978-7-5075-5486-1

Ⅰ. ①万… Ⅱ. ①李… Ⅲ. ①诗集 - 中国 - 当代 Ⅳ. ①I227

中国版本图书馆CIP数据核字(2021)第174829号

万木椿湫

作　　者：李宝森
插　　画：张维信
责任编辑：闫丽娜
出版发行：华文出版社
地　　址：北京市西城区广外大街305号8区2号楼
邮政编码：100055
网　　址：http: //www.hwcbs.com.cn
电　　话：编辑部010-58336279
总编室010-58336239
发行部010-58336202
经　　销：新华书店
印　　刷：北京博海升彩色印刷有限公司
开　　本：889mm × 1194mm 1/32
印　　张：12.75
字　　数：72千
版　　次：2021 年9月第1版
印　　次：2022 年2月第2次印刷
标准书号：ISBN 978-7-5075-5486-1
定　　价：68.00 元

心驰神往 / 69cm×68cm / 纸本水墨

序：书写的另一种可能

文 / 蒋子龙

李宝森的新诗集《万木椿湫》拿在手里，沉甸甸的。单看书名，“万木”令人联想到“万木森森一草堂”的繁茂邃远和济世之德，似乎饱含作者以名入题的深刻寓意；“椿”“湫”二字，寓意生生不息，似乎昭示着历史的某种轮回。寥寥四字，可以约略感觉到作者的某种偏好。

《论语·雍也》云：“智者乐水，仁者乐山。”诗集共五辑，分别为：“沐春”“秋水”“洛水”“白云”“万木”，不难看出作者深厚的国学基础。信手翻看，发现作者的行文普遍偏于温软，起式往往平稳、舒缓，一招一式都自然、流畅，如行云流水般挥洒自如，很少大开大合。

即便收势，也很少突兀、激昂、奔放，往往在不知不觉中，完成一个主题的书写。不知，这是否和作者的秉性有关。

作者文字的“剑锋”看似不见，但却感觉得到，关乎情，关乎爱，关乎人生的种种况味与深度思考。从诗集涉猎的内容看，作者的视野是广阔的，寄情四季也礼赞风霜，表达职场人的身不由己，也阐述人在旅途的所见、所闻、所思、所想、所感、所悟，豪杰英雄、佳人才子、江湖儿女、人间真情，无不是作者的书写对象。或自由诗，不拘一格，散漫随性；或格律诗，平平仄仄，讲究韵脚、声调。

文字大都素朴清雅，并无多少浮华的装饰，不故弄玄虚，鲜少在遣词造句方面浪费功夫，但也绝非清水白菜，而是平易中不时出其不意，平实中渗透着真知灼见，让人在不知不觉中产生某种共鸣。

作者是敏感的，观察细致入微，他写早春——

迈着轻快的脚步
在丝丝的残冷里
走向我们
（《早春的脚步》）

而初春，是——

乍暖还寒
冷的余威
不时地侵扰一下
但已绵软无力
(《春天的节日》)

他写中秋的圆月和露水，是冷澈的——

任由清风把斜影拉得更长
月光洒满欲滴的凝露
照见对饮的你我
还有水中的月亮
(《中秋的月亮》)

而上元节的圆月和露水，是温润的——

幽静的月光洒向薄雾中的清露
和草木上的纤毫
也洒下元宵节团圆的缕缕温情
(《正月十五的月亮》)

作者有时会怀古凭吊，骋思千年，追慕先贤遗风——

山上长眠的齐景公
生前定然爱过花山的风情
神秘的易师也最终把它选定
看山河无恙伴山花烂漫
（《花山》）

千年虽远，壮怀仍未泯，龙马尚精神。
齐风韶韵，一曲唱和古今。
（《念奴娇·齐都怀古》）

更多时候却放眼当下，品咂百态，感悟人生智慧——

人生无法完美地预设
这山望着那山高
对自己是折磨
有一天你会发现
贪恋迷失了自我
人需要的并不多
（《人生无法完美地预设》）

当寂寞是苍白的
如果说孤独是有颜色的

寂寞便是脱去了颜色的孤独
(《寂寞的世界是黑白的》)

没人能不朽
我们改变不了长度
却可以多找几个
时间与空间
完美的交点
(《千姿百态的人生》)

这些智慧闪耀在句读之间，有的凝结成为作者性情毕见的性灵警句——

所有遇见都是为了别离
所有等待都是为了过去
(《忘年》)

再超凡也只在同类
极端终有极限
(《超凡不如超然》)

看山还是山

也许只是他的又一次偏颇
只有山知道自己的本色
(《行者》)

不用算计和占卜
就让一切突然降临
遇见就是缘分
(《人生快似秋风》)

有的结晶成为作者丰富阅历和几十年人生经历淬炼的精华篇章——

捧你上天的　多是口蜜腹剑
忠心赤胆的　或许得绕个弯
为报国仇的　须得卧薪尝胆
君子忍辱的　可以十年不晚
黄雀在后的　盯着螳螂捕蝉
鱼儿不知的　是钓它的钩和线
(《真相也许不是你所见》)

它不事声张也不彷徨
它有凝聚和沉静的个性

……

它懂得换位思考

……

坚定执着

煎以文火细烟

方得小鼎长泉

(《文火》)

每个人都在拼接

属于自己的那副拼图

无论走向何方

我们迈出的每一步都是图块

把它们拼接在一起

究竟能不能拼出自己的想象

(《人生的拼图》)

如果说上述文字充满深奥的哲思，那么“洛水辑”则展现了作者细腻婉约、热爱生活的另一面，而“白云辑”则给人以明心见性、观照洞明的开导与启迪。

恍恍惚惚的阅读中，作者的形象起初是模糊的，随着阅读的不断深入，渐次清晰起来，好像作者就在眼前，跃然纸上，坦陈地与我对视、交流。

《万木椿湫》是一部记录个人心路历程，而又不止于此的一部诗集，值得捧在手上，悉心品读。

蒋子龙，中国改革文学奠基人，著名作家，

曾任中国作家协会副主席、天津作家协会主席

目录

沐春辑

秋水辑

洛水辑

白云辑

万木辑

蒲公英 / 69cm×68cm / 纸本水墨

沐春辑

暮春者，春服既成，冠者五六人，童子六七人，浴乎沂，风乎舞雩，咏而归。

——《论语·先进篇》

风筝看得见

残冷被我折进一只风筝
我把风筝放飞到天空
春风把整个冬天吹远不见了踪影
风筝在天上比我看得远
它已经隐约看到了
阳光照射的一个光点
它知道那是北迁的雁阵正在飞行
我们都期待这一天
去年秋分的雁南飞啊
终于盼来今年春天的南来雁
看那雁阵比去年飞得
更坚实更矫健

一切刚刚好
这些都是故事的开篇

就像我落笔开始了新的一页
草蛇灰线　这一页是起点
故事在千里伏延
可是未来充满希望也充满悬念

风筝在天上看得见
它看得见雁阵落在哪个湖边
它看得见春风吻上了谁的脸
它看得见浮沉和繁华的街巷
它看得见那里的一天一天
它看得见那里发生的故事一件一件
它看得见我埋下的伏笔
它看得见我写出了怎样的格言
它看得见我写成了什么样的诗篇
实际上是它在牵动着我的笔端
写下了一言一言

拥抱太阳

阳光打在脸上
心里播撒了太阳的种子
向日葵生出一颗颗饱满的葵花籽
朝着太阳紧紧地簇拥
它们在歌唱
我们是您幻化的生命
我们一直向阳
阳光普照
就连月光也是反射的阳光
我们最知道感恩
我们把笑脸献上

太阳一直都在天上

亿万年　它默默地带着我们
在宇宙里静静地徜徉
万物生长靠太阳
它把一切照亮
无论花草　树木　山川　河流
还有人　不管尘世间会怎样
太阳都一样安详
它不为尧存也不为桀亡

人是宇宙的宠儿
拥有了所有　还有思想
人发现规律　发明工具
面对宇宙的赐予
人一次次的选择
串起历史的一刻一刻
有人说　人生百年不过十个十年
还好　人类在接力
古今连在一起

相传的是文明的薪火

我们曾不知道能像鸟儿一样飞翔
不知道万有引力
不知道电是什么东西
不知道相对论有狭义和广义
更弄不明白量子纠缠
黑洞　暗物质　暗能量和光的弯曲

人从混沌初开走到现在
道路坎坷又崎岖
我们曾经钻木取火　伐薪烧炭
我们挖煤　采油　产气
煤炭在人间燃烧了
一个世纪又一个世纪
即便瓦特造出了蒸汽机
爱迪生发明了电灯
特斯拉发现了交流电的规律

我们仍在燃烧

这些太阳养育出的东西

野蛮　费力又低级

到头来才发觉

它们苦苦挣扎

我们再难以为继

太阳在天上很慈祥

它看着我们

它相信人会和向日葵一样

太阳说　我的孩子

你们尽管用阳光发热发电发光

去发现更多的奥秘

去寻找更美的梦想

去创造更好的奇迹

张开双臂拥抱我吧

我的光会把人类的前途点亮

早春的脚步

早春
迈着轻快的脚步
在丝丝的残冷里
走向我们
万物都张开臂膀
迎接她的到来

早春
徜徉在辽阔的原野
小草探出头颈
伸直了腰身
睁着鹅黄的眼睛

早春
走在纵横的阡陌

大地揭开雪的棉被
茸茸的麦田
燃烧着绿绿的火苗

早春
拂过茂密的山林
小鸟落在枝头
叫得小树心里发痒
嫩芽拱出树梢
探出浅绿的小脚丫

早春
阳光晒暖了河水
鱼儿舒展着筋骨
虫儿睁开惺忪的睡眼
蝴蝶双双展翅飞翔
鸟儿唱响了街巷
春风轻拂着面颊
风筝亲近着一片云裳

早春

是新年的探路者

春天的脚步走得越来越坚实

春天的气象变得越来越生动

春天拥抱着一切

和我们一起迈进

新的一年

平常心就是春分

春分是恰到好处的节气
不论阴阳还是昼夜抑或冷暖
在今天都达到了均衡
大自然处于稳态
万物在这一天顺应了节气
就会最和谐就会最平顺

推延自然到自身
春分也提醒人的心态平衡
平衡固然是很难的
不然一年三百六十五天里
就只有一天是春分

对于财富对于地位
对于欲望对于爱恨

还有人的身体自带的天使和魔鬼

平衡了就是平常心

平常心就是身体的春分

又一个雨水清明

就在今天
天应景地下起了雨
虽说不大　但已经连绵了两天
雨水淅淅沥沥地下个不停
正应了清明时节雨纷纷的谶语

从人的角度
在这春雨贵如油
点滴无白流的季节
雨水却慷慨地降临
忽而　令人有了虚无的幻觉
和许多真实的遐想

一道道目光交织在一起

留下了又一个清明的记忆

岁岁清明　今又清明

一晃　今天也会成为过去

成了许多年以后的话题

拽着月亮

每一天都有主旋律
今天的交响曲是谷雨

春深雨厚百谷香
百花不负妙龄华芳

远山呼唤
在说
这里是布谷鸟的主场

雨燕的影子一闪而过
目光带着一颗心飞向远方

我也不知道去了哪里
飞远了眼睛还在张望

夜的光在雨滴里

静静地沁入我虔诚的手掌

我拽着月光衣襟的手

是在拽着月亮

香山双清别墅

天那么蓝那么蓝
没有一丝微风
白云缀满蓝天
此刻时间属于白云
等风来了再散

时间凝固了一般
悬在香山的枫叶上
并不打扰它们安详的睡眠
只有小溪里不倦的水声
那是流淌着的时间

池塘铺满荷叶
叶下水中鱼儿的游荡和呼吸
触摸了点缀其间的

般若如嫣红的睡莲
萌动着绽放在
我绿意盎然的心间

双清别墅
自打进京赶考算起
又过去了七十二年
院子里的银杏树
活了一百一十年

天上的云会吹散
还有都会过去的
过日子的人间

只有青山绿水
秋来红叶依然
仍似当年

将军树

——题云南禄劝皎平渡

汹涌的江水拍打着两岸
金沙江穿行在十万大山
杉乐村头拴过红军战马的油杉
历经风雨三百五十年
苍劲有力叶密枝繁

八十六年前也是五月天
中央红军来到川滇
四渡赤水　巧渡金沙
飞夺泸定　抢渡大渡河
英姿勃发的队伍
一直向前

油杉见过
头戴红星八角帽的领袖

伟人的气息令它此生不凡

如今
百年又逝
它每天依然守望的是
云崖之巅巍峨屹立的
毛公山

白鹤仙滩

云川交界遍布高山峡谷
金沙江白鹤滩的云天之上
崇山峻岭之间闲云缭绕
那里定有白鹤在飞翔
我依稀看到云端映出
白鹤的双翅在闪亮

白鹤振翅飞翔
白鹤又分明是在俯瞰
现在和过往
投射在一张俯视图上
时间也压缩成静止的时光

那里鹤鸣九皋

是鹤的仙居

那里军号嘹亮

红军长征飞渡过金沙江

如今的白鹤滩

十六台百万千瓦机组

就像十六支百万雄兵在大山中隐藏

一千六百万的队伍雄壮

心清澈脑清醒

心和脑
是人的指挥系统
心是参谋长
脑是总司令
人的言行
都由大脑发出命令

心和脑都在想事情
爱一个人用心
想一个人用脑
心更感性
脑更理性

将军夜引弓　白羽没石棱
那是飞将军情急之下的爆发
再也射不进去

因为他知道了那是石头
大脑产生判断
把自己限定

有时脑对心
也不言听计从
脑会发出与内心
不一样的指令
心里想得到
大脑却选择拒绝
那是因为它知道见得思义
心里想得到
大脑却向嘴巴
发出假装一下的命令
那是言不由衷

有人把爱深埋心底
大脑却选择忘记
平时不去想
醉了才忘情
有人心潮澎湃

血脉偾张
大脑就会乱下命令
人就会进退失衡

有人无德
有人耍横
有人冲动
那是大脑不明白
君子九思的古训和传统
归根到底是
内心自私大脑低龄

大脑想得好
能否做得到
还要看心情
心和脑
支配着人的行动
决定着人生的旅程
心清澈脑清醒
一生才会更光明

真相也许不是你所见

当车即将驶入一条隧道
看到的是它的入口
和远处的一个光点
中间的细节隐于黑暗

你看得到高不可攀的参天大树
看不到的是天地孕育的日华月精
你看得到有人领略无限风光在险峰
却没有人关心他攀登高峰的过程
得失未必就是天注定
成败靠的往往也不是最后一分钟

捧你上天的　多是口蜜腹剑

忠心赤胆的　或许得绕个弯

为报国仇的　须得卧薪尝胆

君子忍辱的　可以十年不晚

黄雀在后的　盯着螳螂捕蝉

鱼儿不知的　是钓它的钩和线

三观也会跟着五官跑

病毒伤人看不见

急于相信

更容易被欺骗

每天看不到的是老去的容颜

白白流走了青春和时间

被充斥的欲望和诱惑

迷失了双眼

遗忘了自己的真实与自然

人孤独地来去

生死两边

一边无所不包

另一边是一无所有

贪图和迷恋

让人止不住欲壑难填

到了山顶还想登天

执念等于物极必反

坏到极点阴雨连绵

上天为你打开窗一扇

命运也许就会反转

真相也许不是你所见

真伪靠的是时间和超然

如果你根本不去看他的表演

任他心机百变

终究云不遮日

真相就不会让人跑偏

蒲公英

在柔嫩的脸上
闻到阳光的味道
那七彩的洁白
在旷野迎风起航
飞絮飘飘　心绪缕缕
她也有绚烂的生命
谁能读懂她的内心和倔强

那是成熟的她衣袂飘飘
在为蓝天跳的一支舞
她在用心怒放
不管是不是他的想象
她沐浴春风
迎着太阳
向上飞扬
活出自己的模样

赞卒子

这里是最前沿
靠近界河　靠近敌营
他不能后退　只能进攻
这是卒子的光荣
他不相信几轮厮杀
就成为炮灰
那是技不如人弈者给的宿命

他不负棋高一着的行动
勇渡界河
这是战略的先手和主动
他深入敌后
单兵突击步步为营
左冲右突向前冲锋
他是战士是孤胆英雄

似一把尖刀搅乱敌阵

活像常山赵子龙

不管单马孤象还是残炮

碰上他必将送命

他直面敌将

挖空敌营

直捣黄龙

文火

它不事声张也不彷徨
它有凝聚和沉静的个性
它明白聚变比裂变
更持久更有恒心
温和却更具力量
正如太阳

它在用心燃烧
不是假装的风度
不是算计出来的计谋
也不刻意攻心为上

它抱元守一
出于本性的坦然和内心的坚强
这是更高级的智慧

已经融入了血液
相较于血脉偾张大声叫嚷
武火的张扬不自量
怎比得上
自信坚毅闲庭信步不慌不忙
像它这样

它是行气的真火
它懂得换位思考
它明白茶或药的需要
坚定执着
煎以文火细烟
方得小鼎长泉

天使的倩影

天使真的降临过
当我第一次睁开了眼睛
埋藏在骨骼硬壳里
那颗柔软的心
有一个天使伴生

天使在心里更柔软
柔软得无影无形
因为她不忍惊扰了心的安静

如果说善良是柔软的
她柔软得最悄悄无声

每当心里泛起层层善意
我就看见她的倩影

茶的本色

茶是乐山好水的
高山之巅才有云和雾
俗世之外才有龙的井

茶是高贵不染的
飘逸悠然才是铁观音
无惧自乐才是乌龙出没

茶是单纯随缘的
自始至终不改独有的茗香
一百度的水就能把它俘获

茶是随遇而安的
水最亲近
水性就是它的本性

它不哭也不笑
只有水才能把它激活

茶是内敛坚韧的
看那一份倔强一份坚守
不变的是它的本色

许它一个未来

在人间的四月
纸鸢飞上天
它看到云卷云舒
风在舞蹈
它看到草木逢春的时节
流水潺潺

在他手里它许了愿
不是无可奈何
而是根本无可救药
它祈求他
许给它一个未来
那是纸鸢的宿命

就算在他手里非生即死

它也渴望再一次飞上天

多少难忘的时间

当时很长过后很短

就像迅疾的风吹动流水默默

匆匆的脚步伴着心跳怦怦

追逐着眼前的魔幻

看那岁月无声　山水无言

却都被甩到了后面

夕阳落下明月又来

我不停地把酒杯斟满
在夕阳落下之前
心里说着再见

我故意把脚步放慢
却发现　慢下来的只是自己
留不住你拉不住时间
夕阳微醺我已酒酣

香山遮住了望眼
夕阳落下明月会来
它们不在意也不刻意
只是转出一天一天

赞黄杨

细胞抱得最紧
它坚韧刚强
它是树中君子
它是木中之王
它四季常绿
哪怕冬天来临
也绿得不声不响
默默生长

它没有火性
气节高贵不急不躁地向上
它从不争春
却自信坦然
四季都散发出幽香
又岂似那些花花草草

只在春天吐芳

它见过千百年的宇宙
不在意周围的世界
那临时的过往

它的深刻和无惧
吸引着无数仁者智者
青睐的目光

风

你孕蓄而发
释放了势能
奔放着
那般冲动

你天生执拗
化作扶摇羊角
九万里托起大鹏

你不可一世
长风猎猎
风起云涌

你无孔不入
不论爱与不爱

世界因你而生动

你和煦又凛冽

因应了季节的不同

也应和着我们

对生命的吟咏

风势酝酿的暖冬

无风的冬日
那说好的霜雪
没有如约而至
空气静止了一般
似一个人止水澄波的心
没有一丝波澜
让人怀疑是否真的已经立冬

凝视窗外午后的阳光
竟有了春日里暖阳的错觉
我知道风在酝酿
它在积攒着能量
默不作声
留给大地短暂的安详

这是大战前的平静

那些时刻准备

化作激者叱者吸者咬者

小和泠风大和飘风的窍穴

都暂时退隐了踪影

期待大块噫气万窍怒号

那一刻的命令

眼耳心

人生来有两只耳朵
用来听外面的声音
也用来听心声
人生来有一双眼睛
用来看外面的世界
也用来看内心

外面的声音
会欺骗你的耳朵
外面的世界
会欺骗你的眼睛
有人说
人有时会欺人自欺被人欺
事无好亦无坏
全由立场和利益决定

听之以心不以耳

看之以心不以眼

用心去听用心去看

才能发觉

这个世界与你看到听到的

大不相同

不留恋

今天已无法改变
不论你喜不喜欢
反正一个剧本在上演

留不住今天
无论你爱与不爱
总有一种可能会出现

时间很慢
影子遮住了远望的视线
让今天不值得留恋

时间很快
转瞬百年
一个个的她和他

来得匆忙走得突然
留下或留不下想念

只当看不见
哪怕他还在眼前
终将都是过去
拖着长长的影子
正在走出今天

一粒种子

它是一粒稻种
被播撒在地下
它发现
这是一个陌生的环境
周围一片漆黑静到了极点
比悄无声息还要静寂
它被泥土包裹着
动弹不得
哪怕心在撕扯渴望挣脱
可是没有一点气力

慢慢地
它变得安静
心也开始空灵
它默默吸收黑暗中泥土的养分

和着雨水的滋润

终于它等到了有一天
春天的脚步由远及近
它被惊醒
它已经积攒了爆发的能量
毫不犹豫
它破土而出

在深夜寂静的稻田里
当你把耳朵贴近地面
会听见噼噼啪啪的声音
那是稻子萌芽爆裂
曾经的稻种
它在引吭高歌

人的一生
何尝不是这样
那稻种般的婴儿
在宁静空灵的世界

耐心地酝酿

默默地长成

孕育着肉体和心灵

就像瓜熟蒂落

又像破茧成蝶

种子变成了鲜活灵动的生命

从此开启它

静与动的一生

言语

他知道你的好
你说的话他都明了
就像一只小鸟
悦耳的啼鸣
那是鸟儿之间在沟通
一头狮子发出威严的吼声
那是警告和提醒
人类的言语对于其他物种
听起来也是一种叫声
只有同类听得懂

心是血液的源头和泵站
血液把心的温度和信息传遍全身
身体的每一个窍穴和毛孔
都会向身体四周散发出

心灵善意或恶意的指令

无法遮掩

无论你装腔作势还是虚情假意

就算你不言不语

即使他也没看你

他的直觉也能捕捉到你

因为他是你的同类

他从你身体的气息读懂了你

一杯水

也能感知到你的情绪

当你的语言美好

水分子就会排列整齐

当你凶恶地言语

水分子就会杂乱无章

它生了气

这时你若喝掉它

它会呛到你

从你的言语里

他能听出冷暖
不管在冬天还是在夏季
当你的内心干净且美丽
善解人意由此及彼
他与你就会心意相通
舒坦又默契

生者寄也
你的灵魂寄生在你的躯体
美丑只是表象
虚名也没有意义
这些只会桎梏你
你也不需要斋戒沐浴
虔诚指的是心斋
你只要正心诚意
七彩的气晕和辉光就会围绕你

有人说过
行则影从言则向随
未言而信无功而亲

是啊

如是

不经意间

每个人都会爱上你

信不信由你

性情

无论谁对不起你
你都不必在意
起码天和地对得起你
因为人类的存在
本身就是亿万分之一的几率
你无疑是天造地化出的精彩之旅
这是最大的赐予
想到这里
别的全都可以忽略去

人生来拥有灵性
意识和感知是本能
从小就会吮吸母乳
蹒跚着站立
还有脚的行走

手的抓取
这些都是天生的赋予
靠这些人可以快乐地活下去

喜怒哀乐　悲欢离合
这些后天的经历
都是偏私和情绪
是附加在本能上的东西
欲望更让人伤脑筋费心机

天地也想不通
人怎么多了这些玩意
有的人
天地更错愕
那是天生的坏脾气
它们回想　或许是造化他时
错放了火药
让他的本性一点就着
自私又自卑　自恋又怪癖
活像一个流氓

迁怒暴躁还多疑
发疯的时候
怒火攻击了别人　保护着他自己
到头来终究是一个可怜的东西
他的作用力
暂时伤害了别人
每次都伤害着他自己

每当夜里
你把一天的污浊洗去
也要把脑和心好好清理
扔掉那些附着的伪装和虚假的东西
释放本性和被压抑
在潜意识里
找回原来真正的自己

认清自己

真诚是态度
朋友经常说真诚对你
但他未必表里如一
对自己有时也会自欺
你会用谎言说服你自己

有的称兄道弟
却在背地里用枪指着你
有的委屈着他自己
当面恭维奉承
内心却在诅咒你
你想的是给予他很多
他想的却是
他的付出大于你的给予
你想的是他投靠你

他想的却是利用你或是借用你的公权力
他不会心甘情愿为你卖力
他会算计
是否满足等价交换的定律

除非陷入了爱情
或是对待子女
才会忘记
什么是付出什么是索取

其实，敌人才最真诚
他绝不虚伪
绝不虚情假意
不会手下留情
不会与你客气
他会抨击指责你
他会残忍地打击你
你的弱点在他眼里暴露无遗
或者你根本就不在他的眼里

人生如钟摆

又像跷跷板

超过某个点

高低会互换

角色将易位

认清摇摆的轨迹

才能更好地认清自己

轻重羽毛

一支羽毛飞在空中
似慢慢蹚过
时间长河
缓缓的脚步

遥想当年
羽檄征兵
犹闻杀声震天
羽扇纶巾
谈笑间樯橹灰飞烟灭
绑上顶子
花翎身价不同
插在信上
鸡毛变得庄重

观千秋万代

一羽拂过

看此身此世

白驹过隙

算一名一利

未值鸿毛

花山

山有花一样的名称
春夏五彩的山花就是证明
南眺一望无际的平川
玉黛湖捧出日月的光影

山上长眠的齐景公
生前定然爱过花山的风情
神秘的易师也最终把它选定
看山河无恙伴山花烂漫
似他治国又乐身的宿命
在此他方心定

遥想千年虽远
应是乡音未改山花照开
齐风韶韵今犹在
割不断的一代一代

活向未来

有人说　现在最真实
过去和未来之间是现在
谁都活在现在

过去已经来过
今天也会成为过去
明天也注定会来

未来
可以近到下一秒
可以千秋万代
人活在现在
人要活向未来

千姿百态的人生

此刻
无论你在哪里
你必定在一个
独一无二的时空点上
完成了你的签到

在时空的坐标系里
时间和空间
每时每刻都有一个交点
这些时空的交点
为每个人连成一条线

这条线不会是一条直线
它是一条曲线
它有斜率有弯曲

变量是世道和自然

比如爱恨情扰

比如良善阴险

比如光阴流年

比如庚子新冠

比如 2021

会否牛气冲天

它们的组合划出百态的人生曲线

亿万人拥挤在坐标域内

横向长度不过百年

这条线

百年前是原点

百年后就终断

一如繁星

轨迹各不相同

又如长河

河里流的都是水

每条河却有

不一样的风景

没人能不朽

我们改变不了长度

却可以多找几个

时间与空间

完美的交点

白露

你是
天地呼吸
凝结而成的精灵
所以配得上
诗一般的名称

你凝成露珠
秋的颜色
从此弥漫生长
你凝结在心头
闪着晶光
滋润了衷肠

你打湿了灵魂
唤醒
游走的彷徨

出发吧

哪里是来时的路
哪里是未来的光
不动声色
不是停下来彷徨
而是整理行装
不论大地阡陌纵横
不管天空黑暗还是光明
出发吧
再一次迈步
又一次飞翔
跟随你的身影和指向

春天的节日

初春
乍暖还寒
冷的余威
不时地侵扰一下
但已绵软无力

初春
花儿长出新蕊
枝杈吐露嫩芽
江河化开冰封
东风一路西下

初春
像一位小姑娘
她情窦初开

迈着轻盈的脚步
花枝招展
带着一丝羞涩
大胆地向我们走来

初春
即将迎来春天的节日
春节最隆重最热烈
也最让人充满期待

我们脱掉厚重的冬衣
周身的毛孔张大
全身的血液变得活泼
我们奔走相告
我们已迫不及待
敞开心扉敞开大门
把春姑娘迎进来

咏水

你是石笋和钟乳的晶莹
你是高山走出的精灵
你是日月精华天地的血脉
你是生命的本源
万物因你而生

你结伴成溪
山涧河谷不是你的温床
那是你的跑道
留下了你从雪山走来
从远古走来的身影
你随物而形
气度不凡
自信庄重

你闲庭信步
舒缓自然
那不是柔弱
那是博爱是温情

你汇聚成河奔腾入海
你纵横天下勇往直前
你掀起波涛气势磅礴
你波澜壮阔雄壮豪迈
任它刚强坚硬
都终将被你战胜

随风四海云游

风变得和煦，携带着淡淡的暖
俯在我的耳畔，告诉我她就是春天
不算刺眼的阳光关照着万物
水中灵动的一抹波光
是闪亮的精灵迷乱了我的双眼

她的长发在无声柔媚的风中轻盈地舞蹈
江水载着一叶木兰舟
在音乐和语言之外的目光中飘摇
流水晃动，拉长又远去了她的倒影
谁说水本无痕，春水因风起皱

弥漫空气的明媚和清纯
荡漾起止水澄波久已未有的心动

何须静水深流
我也要扬起风帆
去四海云游

水的灵动 / 69cm×68cm / 纸本水墨

秋水辑

秋水时至，百川灌河。泾流之大，两涘渚崖之间，不辨牛马。天下之水，莫大于海。万川归之，不知何时止而不盈。

——《庄子·秋水篇》

水的灵动

溪水
在山涧里
欢快地蹦跳着
压抑不住
那颗急不可耐
要去外面闯荡世界
懵懂少年般的心

在它眼里
到处都美丽
从不设防
因为它有灵动的
思想和身体
哗啦啦
它唱着快乐的歌曲

脚步匆匆
它用欢声笑语
向大山告别

它天性奔放
哪怕是悬崖
也纵身一跃
化作飞流直下的银河
义无反顾
权当与绝壁一次短暂的相聚

它不属于
每一个见到它
固守一方的天或地
它徜徉
没有人和它一样
敢于始终流淌

见到了
也只是经过

你把它掬起
也把月亮托着
此刻
你和它一样清澈

历经千遭百折
曾经是溪是江是河
最终它成了海
雄健浑厚
波澜壮阔
又浩荡千秋

在那里
它不孤寂
当海风吹来
波涛汹涌
一浪又一浪
那是它一次一次
翻腾跳跃
涌向月亮

月亮向它眺望

月光下的大海泛起

粼粼波光

月亮的眼神

一切被她尽收眼底
这世间的夜属于月亮
月光照见所有
就连大海的潮汐也是因了月亮
潮起潮落连同我身体里的江河
绽放成生命的春天
一起涌向沧桑

当我望向月亮
目光就与月光相遇
她就是我的月亮

她召唤我的目光
就像引领海洋
她也知道我的心思

在我的向往里

默默地掺上美丽的月光

人生的拼图

每迈出一步
我们便捡起一个图块
把它安放在拼图上
努力组合成
脑海里的想象

在铺陈开的背景里
是春夏秋冬
季节的底色
各处散落着
一个又一个
神秘的图块
它们是拼图中的
一块或一角
我们不知道

捡起的图块
究竟会拼成什么样

或许是
春风得意　旭日东升
晴空骄阳　雨雪风霜
也或许是
快乐吉祥　平安健康
自由奔放　事业职场
又或许是
贪婪诱惑　纸醉金迷
犬马声色　迷乱混浊
还或许是
荆棘坎坷　关隘阻隔
礁石暗流　忐忑折磨

小时候
我就喜欢捡拾
色彩绚丽的图块
只顾任性地选择

不管它们能拼出什么
随手捡来
有时
捡得再多
也拼不出最想要的那个

那些图块
又像是一个个多米诺骨牌
时间把它们拥倒在拼图上
一块块
标记了它那一刻的
悲欢离合和浓淡颜色

一步步
我们走过时空
朝着某一个方向
捡起的图块
把生命的长宽丈量

每个人都在拼接

属于自己的那幅拼图

无论走向何方

我们迈出的每一步都是图块

把它们拼接在一起

究竟能不能拼出自己的想象

辛丑年的惊蛰

我再次拥抱惊雷
唤醒在我身体开始流淌的江河
浇灌已经有些裸露的干涸
心头缓缓苏醒蛰伏已久的小虫
回眸无数次祈求中的擦肩而过
醒来了注定就是不一样的

恰到好处的惊蛰
双眼柔和在我不再困倦的眼窝
挣脱长夜幽梦思绕沉睡的不舍
惊雷震颤了时空
我不知是否无端地复苏
此刻应该是被你叫醒的

撕扯掉那层包裹的硬壳

浑身的肌肤筋骨被血脉冲击着
火苗已经燃起的渴望向上跳动
细柳新裁草长莺飞
春天理直气壮占领了整个季节
雷动风行天开地辟
任由万物火热地生活

守望

时光的箭镞射穿岁月
把过去坍塌成废墟
万丈深渊
谁也退不回去

时间轴上的多米诺骨牌
躲不开也停不下来
一个一个扑倒在地
只留下声声脆响

迷雾蜿蜒缠绕在
盘旋向上的山路
山涧里水声嘀嗒
那是游子远行
天地生母的

最后一句叮嘱

泛黄的红叶
睡在书页间
如今
碎成诗行
把当初吟唱
让人又背起
唯一丢不掉的
思念的行囊

远方
把山路拉长
溪流投入江河海洋
青山拥抱着落雪
守护着地心的火热
喷薄而出满目的葱茏
去赞颂
天空中缀满的
星星和云朵

雾化作雨滴

捧着星星的光
高空的雾有一天环顾大地
那里的大千世界让它着了迷
它看见姹紫嫣红花花绿绿
一场一场上演着亦真亦假的热闹剧

它也风闻女娲补天的石头
曾经变成过宝玉
它羡慕极了也想去那里
祈求快快遇上冷空气
把它化作雨

它狂喜地向往着
或许落进大海轻松地把巨轮托起
还可以跳成浪花跟鱼儿嬉戏

停留在花瓣成就一个传说叫作梨花带雨
滴入杯中物推杯换盏点燃一个躯体
掺进墨迹笔走龙蛇挥就三皇五帝

当雾终于化作了雨
满足了它的好奇
雨滴迫不及待地落向大地
却再也动弹不得 只能在那里

屈子纪念

我们等来了又一个端午节
用以想起屈原
把两千五百年前
和现在相连
岁月拉长了一年
厚重了这份纪念

我向前探寻
向上仰望
那个楚国士大夫
多么忧怨

我看见
他在书九章谱九歌
橘颂并怀沙

天问又离骚

是的

我看见

他离开了忧愁

他仍在远游向前

芒种

紧跟着小满的节气
不叫大满是芒种

土地睡足了整个冬天
绿满了茂盛的春天
如今迎来夏天
起伏翻滚金色的麦浪

麦香弥漫田野
镰刀还在手中
又扛起犁铧

我们从不吝啬自己的汗水
口中咀嚼着麦穗
甜中带着咸

芒种

我们收割又耕耘

我们成熟又新生

夏至

夏至是
一个确凿的词语
陈述的事实确切无疑
说的是
仲夏此时热得毫无顾忌

我们迎来了
迈入中年的夏季
夸张的热情和急躁

夏至的今天
确定会有一个新的开始

这将是怎样的开始

长的白昼和短的黑夜
够不够我们用来
相见和分离
看见和忘记

登慕田峪长城

置身现实的人间，同时看见遥远时空的人，是富有的。

登临慕田峪
极目远眺
长城沿着秦汉古老的疆域
崎岖蜿蜒
面对匈奴的冷兵器
努力实现
战术的防御
配合着战略的出击

望向尽头是一个大拐弯
它挡住了穿透千里的视线
也挡住了往事千年

那里一定有
金舆华盖的孤寡人

衣冠楚楚的士大夫
蓄势待发的铁马金戈
还有风流倜傥的美少年

他们站在那里
超凡脱俗
我喜欢他们的低调与古典
那藏不住的风姿
肃穆又庄严
就在出征前

叩开长城脚下的柴扉

我们不知道未来会怎样
但是我们可以想象
置身过去的自己是什么样
有人说人生若白驹过隙倏忽而已
还好　古今本就连在一起
过去的时空里肯定也有一个我和你
当我们翻开历史
就像走在时光的隧道里
我们会看到活在过去的自己

今天　我们流连在长城脚下
叩开一扇柴扉
门后的主人会把我们领进去
也把都市的聒噪拒之门外
过去就理直气壮地

占领了你我的身体和精力
我们回到了那时的长城
我们回到了过去

看那顶盔掼甲的猛将军
瞭望长城内外的千夫长
蓄势待发的青年兵士
一丝不苟的能工巧匠
挑土担石的苦劳力
还有一个掩面哭泣的孟姜女

他们都可能是你我　是昨天的自己
过去让我们拥有了双倍的人生经历
他们和我们在一起
为了长城贡献了生命的意义
我们的生命和长城绑在一起
今天满世界的目光注视着长城
也就是向着我们在行注目礼

秋天的早晨

清晨
凭栏远眺
丝丝微风
吹在身上脸上
我拥抱着它
用复苏的四肢和躯体

随风而来的
那些活泼的氧气
钻进我的身体
它们游走在胸腹里
我畅快地呼吸
驱赶着浑身的浊气

秋风把我的视线

拉向远方
远山的轮廓
和山顶的古塔
朦胧依稀

远处的枫叶红透了
像一枚枚静谧的邮票
静待着秋意更浓的时节
飘落在我的目光上
随着秋风飞向远方
投递给我心中的念想

近处的银杏叶
在晨曦中泛着金黄
像一把把从容的羽扇
它们摆动摇曳
扇动起习习秋风的阵阵清凉
送来邻家女儿
梳妆的微香

香山的红叶
已经红透了吧
是哪一位大师
挥毫泼墨掠过山林
一夜之间
把漫山遍野染红

秋风把梦吹散了
醒来时还清晰的故事
变得恍惚
索性不再去想
那些梦中的影子

霜降

这是秋天里
最后一个节气
柿子熟了
又到了赏菊的日子
登高望远
远望时光的痕迹
那些身体的感知
心头的冷暖
都被时间默默记忆

有些消逝的岁月
已不清晰
我甚至怀疑
它们是否真的来过
更有那些冷若冰霜的脸庞

正待从记忆中抹去
有一天再回首
这些人啊
更不必记起

有人说
这是唯心是虚无
其实什么我也不想说
此刻已是
夜长昼短露已成霜
头脑清醒
适合遗忘

落叶

曾经是
树枝树冠上的茂密
春和夏勃勃生机的绿衣
它们还把阳光和二氧化碳
混合在一起
向人间贡献氧气

霜降之后
它们开始离开树的身体
就像一场无法挽留的别离

有人说叶落归根
那是落叶宿命的无奈和托词
那句零落成泥碾作尘
才是人们写给它的墓志铭
也是落叶再生的寄语

重九重阳又一年

每年都过重阳节
它和别的日子有何不同
为什么是在阴历九月初九这一天
这是我小时候的问题
老人说　这是因为
月和日的九
九九合在了一起
九最大阳最盛
九九归真九九归一
我听了　还是懵懂
从此
重九便成了我的心事重重

不知哪一天
就长大了
应该也是重九重阳的某一年

那一天

我知道了大火星的存在

明白了七月流火九月授衣的道理

此时　秋意正浓

火神离去

天地即将迎来漫漫长冬

今天

重九重阳又一年

登高不是看风景

是为了追寻默默远去的

火一样的红巨星

心宿带着

亘古不变的情思

正在一轮一轮

升起落下

看着人间的前世今生

它也照射着

过去的那些曾经

还牵引着前方

那未知的旅程

稻草人

你看上去有些僵硬
在风中前仰后合
显得有些滑稽
我明白
现在的你不是你自己
稻草成灰成泥的宿命
今天获得了新生

今天你换了一种心情
对着旷野
颐指气使地张扬
散发出严肃的气场
哪怕只是伪装

我的脚步开始犹豫迟疑

叫声也变得小心翼翼
明明是稻草
何必如此劳神
把自己组装成人的模样

我是那只
每当月亮钻出云层
也会惊恐也会慌张的小鸟
我要飞走
因为我不喜欢
真的假的
人的模样

那时的心空更美丽

当现实的影子罩住了身躯
时间裂开的伤口抛锚了客船
吞噬了诗意　每个人都在逃避
哪里还有柔情蜜意
哪怕一丝情绪也提不起

心里有一只白鹭正在飞去
带着我的目光
正在飞出这里

飞向未来还是飞向过去
未来可期也只是可期
终究未到来嘛
我们都不用太着急
若是它飞向过去

我就能告诉它哪里最值得飞去

它可以飞到 1976 年
那时的我上了小学一年级
父母和孩子们蜗居在平房
屋檐下还挂着冰凌
屋子里炭火正旺
我们围坐炉边烤着红薯
听爸爸讲着聊斋或是三国演义

那时的天空更干净
那时的心空更美丽

忘年

何尝不是梦
虽然你很清醒
总会成为过去
一点记忆都不剩

哪有什么是非对错
虽然你很笃定
总会变得不重要
连人都会消失得无影无踪

所有遇见都是为了别离
所有等待都是为了过去
当你想得到梦里的东西
当道理不是原来的定义
当漫衍让初衷失去了本意

只会加重人为的目的

满眼的秋意和橙黄橘绿

它是不会跟随你的脚步

因为冬天既漫长又无助

即使得到了

也不是原来的东西

你若不在意

他会不留一丝痕迹

哪怕你会做梦

让你白天夜里都想不起

思念的滋味

缕缕清风徐徐拂过
清明清晨的青草
伴着路上行人匆匆的脚步
和掩不住沉思默想的眼神
越过绿水青山和密林
飞在青天上的青云
向远方邮寄每个人的清影和心神

一晃　走在北京街头
我也成了孩子们口中的大爷
这样的目光让我的脚步变得
更加沉着稳重

这个年龄理应如此
我提醒自己要有一个

宽厚的笑容和坚实的背影
起码在孩子们的眼睛里
在清明爱人思念的滋味里

立秋了

迅疾的风吹散薄雾
卿云挂满天空
恰似注定了一般
季节的手指撩起轻柔的面纱
露出那惊世的容颜
挂在思念的天边

如花的笑靥
就像晨起的露珠
不停地望向我 眨着眼

那可是我耕种了千年
终于长成万种风情的
性灵深处的幽兰

不论季节变换
都绽放如歌的爱恋

在绵绵伤感的蒹葭水岸
抚一曲琴声古韵
轻吟婉约的离愁悲欢

一生寻找相遇的约定
夜夜为着此心梦还
看时光在铺展的大地
随意地涂抹
把满眼的绿染上淡淡的黄
还会调出赤橙黄绿紫蓝
那手指把岁月渐渐地拉远

小雪怀想

昨天　那场是雨又是雪的降临
带走了空气中的尘埃
朝阳也被洗得刺眼透亮
是亮不是暖

这是意味深长的节气
虽然还在十月
窗外已变得含蓄而高冷
让人难以接近

仰望星空
仙后升起　北斗西沉
那亘古不变的斗转星移
遵从着宇宙的规律和秩序
充满了暗示和提醒

冬至

当地表散发了最后一点积热
真正的寒冷到来了
冬天开启了它的后半程
今天　黑夜最长白昼最短
明天　就会开始向另一面反转
直到来年六月的夏至
白昼最长黑夜最短

地球绕着太阳转圈圈
自己也在不停地打转
我们用数九来计算寒天
当数到第九个九
冬天就会过去
大地将迎来艳阳天

这一天吃饺子是必须的
不仅因为饺子好吃
更是对医圣张仲景善举的纪念
娇耳汤的温暖
驱散腊月长夜的严寒
接过热腾腾的饺子碗
把暖融融的故事口耳相传
这已融入了文化和习惯
这才是真情流露
才是爱的纪念

冬叶

北京的初冬
天还没有彻骨的冷
人的脸上又增添了僵硬
除了依旧的冷冰冰
纵使到了大雪的节气
也没有人说起
略带浪漫又有些诗意的
有关雪的话题

因为说到雪
会让人联想起
飘雪或是雪花
白皑皑或是银装素裹
这些想法太有诗意
让我们的工作跑了题

或许在心里
只是叹了一句
该下雪了吧

路边的植物
有些是常绿的
有些叶子变红又变黄
还坚持着不肯落下
当气温更低
让树木收紧了躯体
一片一片的叶子
才肯耗尽最后一点养分
在连风都没有的寂静里
靠着自身的那点重量
缓慢坠落下去

来年新生出的绿叶
哪里会想起它
曾是同一个根脉
同一个躯体

同一个命运
只顾着暗自庆幸和理所当然

在这个拥挤的城市里
每个人都是一片树叶
当他从人群中离开
纵有千言万语和无尽的委曲
也是无奈和枉然
他最好悄悄地离开
因为不会有人理睬

行囊

背起行囊
背上顿感沉重
耳旁穿越呼啸的风
逆风而行
风正在吹远眼前的景物
掀起飞沙走石
消逝了灯火通明和喧嚣的城市

扛着梦想执着苦行
回望崎岖的山路
曾经踏足的石阶散落各处
顶风前行
风吹干了热烈的目光
只留下一道视线和远方
贪婪把胃口撑得越来越大

能吞得下山河
连一颗谷粒也不想给别人留下

迷乱的征途
纵使沉浮　有谁在乎
人们蜂拥而至义无反顾
任你风华正茂　纵是一代天骄
后浪拥着前浪向前跑
古今多少人只领数年风骚
历尽千帆有谁还是少年
只落得
知音未遇　弹琴空歌

人生如白驹过隙
爱情也不过是一瞬
即使你做了千万次同样的梦
也未尝闻到玫瑰的芳香
却已被刺得遍体鳞伤

是非对错

那些纠缠不清的东西

只当没关系

天空静寂　夜色朦胧

你我可肯善待自己

对自己说一声对不起

再轻轻放下行囊

直起身体

畅快地呼吸

海天的召唤

靠海而居的村庄
修起了高高的堤坝
夕阳下黄昏的渔家小院
老人的眼神不是埋怨
是对他年青时代的留恋

他说，四五十年代的寿光就是海边
那时每家都有一只小木船
涨潮时海水会漫延到村前
健硕的他随时准备在海水里驾舟撑船
他们都热爱海洋
那里有鱼虾蟹蚌供全家饱餐

此时的晚霞映红了天边
浴火涅槃的凤凰

展翅万里在长空升腾翱翔

太阳从海的那一边缓缓说着再见

明天仍是这一片天

天空下的海蓝蓝

面对大海蓝天

谁不是漂泊的游族

不管我们走了多久走了多远

只要海天在召唤

我们随时都准备打马上鞍

浮生为卿

那是一个我终究无法进入的世界
虽然它就在身边就在眼前
我试图善意地触摸它理解它
用一些花样的语言

水性杨花还是梨花带雨
梨花杨花它们不见得同意
在它们的眼里看到的
那是我的猜测　是误解　是会错了意
赋予了它们过多的情绪

繁花怒放不是为了谁或谁
即使在无人的山谷里
它们照样姹紫嫣红
守望着一片天地
浮生为卿太不轻松太过在意

人间焰火

节日里

随着高空中

嘭的一声炸响

人的心也跟着颤动

循声望去　齐声欢呼

映入眼帘的

是那七彩夺目的焰火

像天空中盛开着绚烂的花朵

刹那间照亮天空

晶莹的光

红的　黄的　蓝的　绿的　紫的　橙的

五颜六色向上升腾

又向四周散开

天女散花般从空中纷纷落下

迅而　噼噼啪啪

那流光溢彩熄灭了
烟雾
悠悠地向上飘散

望着飘散的烟雾
人们沉默了
焰火怒放的艳丽
久久停留在人们的
眼睛里　记忆里
可惜只是太短暂
哪怕想多看一眼
也求之不得

用作纪念的焰火
完成了节日的使命
却化为了灰烬
成了别人的记忆
人们仰视五光十色的焰火
焰火却在用华美的舞姿
告别

多少匆匆过客
何尝不似这焰火
灵魂也曾怒放
万紫千红
虽然曾经明亮耀眼过
瞬间飘进历史的天空
轻轻地　悄悄地
不经意间来了
不在意中走了
只留下一串串姓名
证明他们来过

信与不信

总有一个声音
每天都在耳畔响起
问我究竟想要去哪里
我问自己
哪里是方向
哪个更有意义
我该信谁　谁又是真理

什么是真理　什么有意义
世间有许多思想和主义
还有许多宗教和道义
没有一致的答案
人们都在做选择题
这些都是药方
局限在某一个时间和区域

试图治疗人类的病与疾
无所谓真理
有的只是胜利者的道理
无所谓意义
有的只是想要达到的目的

我没有气力
也没有勇气
有时我是一只卑微的虫子
被人驱使着忽东忽西
有时我是一群宠物中的一只
被裹挟着
在狭小的空间里拥挤
没有了哪怕该有的情绪

日子要耐心地过

有人说冬天来了

春天就不远了

这话　说的是苦难

讲的是心境

其实　冬天没有人间悲剧那么冷

冬天并不可憎

它是生命的四分之一

恨它只会白白心痛

即使你不能在河里游泳

却可以做一个舞者

在冰上旋转滑行

四季都有诗意

二十四节气都值得歌颂

生命本是歌声中

一条静静流淌的长河
没有不好的命运
只有自找的苦涩
你若心生厌憎
河水就会干涸

选择了地球
就要爱它的所有
春夏秋冬更要欣然接受
在四季的变化里
随着地球一起转动
谁都急不得
慢慢地享受
耐心地生活

人生快似秋风

也许　这山望着那山高
是人的本性
不论你现在是什么
总有更好的选择让你
对自己过意不去
无论你做了什么
都会心生悔意
得不到更想要
得到了却不珍惜

即使你不写诗
鸟儿会写
它在蓝天振翅舞蹈
风儿会写
它在空中呼啸奔跑

虫儿会写
它在轻声细语啼鸣欢笑
珍珠会写
它栖在蚌里
静静地聆听自己的心跳

雨水降落给每一个人
阳光普照着每一个人
空气养育了每一个人
没有好坏之分
也别太当真
不用算计和占卜
就让一切突然降临
遇见就是缘分

人生快似秋风
当秋风吹走了黄昏
夜空挂满了星辰
月光皎洁如银
秋分已经来临

秋天占领了整个季节

迅疾的秋风

把白天和黑夜平分

我们用尽一生漂泊

分清了季节

伴春风沉醉　随秋风感伤

可是我们分不清方向

一半成熟　一半青涩倔强

抱紧吧

人生快似秋风

盼白天不会太短

黑夜不要太长

人生无法完美地预设

就像陀螺要不断抽打
否则　它就会停止转动
就像双手不能离开方向盘
否则　飞驰的汽车就会失控
就像副翼要不断修正
否则　飞机就会偏离航程
就像枝杈要不断修剪
否则　植物就会野蛮长成

多少人都曾规划了完美的一生
想要预设了轨迹一般漂亮完整
期待着像自动驾驶的飞机
经过气流或侧风
可以迅速调整

人不是机器
可以按照程序运行
混沌的思想
摇摆的行动
谁也不知他会变成
哪吒还是悟空
除了波谲云诡的无常
还有拦住去路的妖精
有人还会自愿不接受
为他设计好的人生

人生如白驹过隙般短暂
又似白云苍狗多变幻
逆境或顺境
取决于性格和习惯
还有社会自然与环境

人生无法完美地预设
这山望着那山高
对自己是折磨

有一天你会发现
贪恋迷失了自我
人需要的并不多

忍耐是一种坚持

耐心分等级

忍耐是最高级的耐心

它不是美德也不是懦弱

忍耐只是一种手段

是实用主义　是利己学说

是为了自己要达到的目的

仅此而已

哪怕是胯下之辱

表面上看起来也不在意

文王拘　仲尼厄　屈原放逐

孙子膑脚　韩非囚秦　不韦迁蜀

谁都没有“是可忍孰不可忍”

拍案而起

有人为报一仇　忍耐十年

是为了最后的胜利

震撼　惊恐　梦魇　煎熬
这些曾经的创伤折磨着你的记忆
那是脑海的烙印
是时间的镜像
忍耐把它深埋心底

忍耐懂得天命人事盛衰之理
它紧盯着前方
忍耐是长久的坚持
时间终会换来
一份释然一份快意

曾经的江湖

风急雨骤
总是江湖的样子
江海横流
永远上演着
轮回往复的爱恨情仇
因为厌倦了旧日的道场
疾风骤雨便来洗尽铅华
风雨飘摇中
雷公电母幻化出风雨
把残局拯救
降临对弈新的棋手

各得其所

日月　寒暑　盛衰　兴替
光阴轮回　阴阳相继
无此无彼　难即难离
一如被肉体囚禁的灵魂与
被灵魂操纵的肉体

松柏　草芥　鲸鲵　蜉蝣
生于一隅　死于一丘
无力挣脱　无处逃避
一如被缚于地球的人类与
被缚于轨道的地球

无所不能的宇宙孕育了时空
也逃不出相对论的偏微分方程
无须心有不甘　不必徒劳争斗

万物生来各得其所
下至渺渺尘埃
上至浩浩宇宙

一切皆困于一隅
有限生长
自转的地球载着万物
沿着椭圆的轨道
环绕太阳
在无垠的寰宇中徜徉
它们天各一方
各得其所
纵有不甘
又能怎样

正月十五的月亮

夜空捧出一轮明月
幽静的月光洒向薄雾中的清露
和草木上的纤毫
也洒下元宵节团圆的缕缕温情

微风褶皱了粼粼波光
月亮在河水里摇晃
月光飘下片片清晖
像是瞥向人间揭示一切的目光

此时　万籁俱寂
河水　草木　纤毫　还有每一个人
都静静地仰望
看着同一个月亮

中秋的月亮

总有一缕思绪让人惆怅感伤，总有一份情谊让人没齿不忘，总有一丝感动让人热泪盈眶。

串联起岁月的
不是一个又一个月夜
而是人们看到的阴晴圆缺
有月亮的见证
那份情更浓

就像今夜
庚子中秋的月亮
看着人们的心事
洒下的月光
有人看到的是投下了清冷
有人看到的是播撒着光明
当你想起嫦娥玉兔
我想起桂花吴刚
就会看到不一样的月亮

当你我低头思念远方
月亮对我们是一样的重量

人间的夜是月照亮的
中秋的夜
月光如水　月面如镜
映照万年　皎洁无声

月亮之上
也会有地球投射的光
起码有你我的目光
与月光缠绵
与月上人呼应

明月夜
没有什么难以释怀
任由清风把斜影拉得更长
月光洒满欲滴的凝露
照见对饮的你我
还有水中的月亮

乌篷船 / 69cm×68cm / 纸本水墨

洛水辑

夜耿耿而不寐，沾繁霜而至曙。
命仆夫而就驾，吾将归乎东路。
揽騑辔以抗策，怅盘桓而不能去。

——魏·曹植《洛神赋》

雨水从天上落下

雨水从天上落下
大地就是她的温床

她是大海蒸腾的热情
凝结的水雾泪眼欲滴
趁着天空眨眼的闪电
瞬间雨水洒向大地

她是四方汇聚而来
飘荡的游子
化作春水千遭百折流回大海
此刻就是她的归期

她是山中缠绕的薄雾
化作口鼻和胸腔
还有周身的清凉
抚慰着起伏的呼吸

她是走出家门
闯荡江湖的儿女
春风把她吹回故里
钻进兄弟姊妹的心里

她落向汉唐开凿的河渠
加入奔跑的洪流
赶去浇灌麦田
滋润禾苗的躯体

雨水从天上落下
大地就是她的温床
从此她融入了大地

飞雪迎辛丑

2020 年 12 月 29 日，献给爱妻

你从云端飘来
寰球的风拥你入怀
你来自九天之外
漫天飞舞
向整个世界覆盖

你在时间轴上刻下洁白
标记了一次跨越
不是一天与一天之间
是一年与一年之间的跨越
是从 2020 跨越到 2021
亿万朵雪花
伴着元旦的脚步
向我飞来

那漫天飞扬
洁白无瑕的雪
我张开双臂拥抱你
你只管洁白
大地因你而壮丽

那无声无息
含情脉脉的雪
我屏住呼吸
你只管娴静
爱的世界无须言语

那六角花瓣
晶莹剔透的雪
我为你着了迷
你只管美丽
除了眼里
心里装的也是你

那淡定飘逸

义无反顾的雪
我在这里等着你
你只管忘情
我们不期而遇

那坦白无私
真实纯洁的雪
我依恋着你
你只管善良
上天自有最好的安排

皑皑的白雪覆盖了原野
大地拥抱着你
我在人间注视着你
我用面颊和双臂迎接着你
周身的热血融化了你
从此我们在一起

时间和记忆

——写给女儿

时间是你的
也是我的朋友
它从不撒谎
不会欺骗你和我
时间带走的是岁月
留下了记得

要是你快乐
时间不够过
要是你不快乐
时间就是折磨

这是感觉
是心态
挤上公交车的

喊的是“别再挤了”
没挤上的
在喊“等等我”
生病了
你会知道
有那么多不值得

时间在过
生命里有好的
也有坏的
我想让你记住的
都是美丽的

搬家

庚子岁末
搬离旧居
今年还有更多的不测吗
于这个世界　于自己
不留恋无炎凉
挈妇将女
只是忙乱

妻女整理着可怜的家当
不少　一箱又一箱
什么也不舍丢弃
啥也要装上
2011 年的日历
高中的课本　穿小的裙子和冬衣
还有一盒盒　漂亮的空包装
一摞画册印着当年流行的广告语

看着这些东西
让人想起过去
想起那时的自己
这些生命旅途的印记
如今把它们装进一个个纸箱里
就像放进了时光的胶囊
留待未来
有一天再次打开
再次品尝

时光流逝
此刻也正在成为过去
人留恋美好的点滴
人对未来充满期许
今天是昨天的未来
下一刻是当下的未来
一年后是未来
十年百年也注定会来
在期待里
人活向未来

她的第一次旅行

带着三岁的女儿去坐绿皮车
去了叫作博山的城郭
女儿初次见识了火车是什么样的
鸟雀飞出山林般
她兴奋地叫着喊着唱着
与火车的鸣唱和坚实沉重的脚步应和着

我们一起找寻和领略春秋时齐鲁的分割
摇橹划船徜徉在湖光山色
油菜花的仪仗和爸爸温暖的怀抱
让她感觉外面的世界总是美好的

20 年前的人生远行
成了她不可磨灭的最深记忆
从此在她的眼睛里在她的心灵里

也埋下了向往的种子

每当想起和爸爸一起
她的第一次人生旅行
无论身在何处
就会让此刻的她变成
快乐的温馨的无惧的

糖炒栗子

我没见过爷爷的炸货店
那是在县城百货大楼的旁边
一间大大的门脸和开间
后面还有一个简易的卧室
供人值夜和凌晨起床
为第二天的早市备餐
爸爸说他最喜欢吃店里的糖炒栗子
每天既解饿又解馋

那间炸货店早已不见了几十年
它为公私合营做了贡献
我只记得爷爷在家里做的糖炒栗子
还有熬成的糖稀
我用一对小棍拉出丝滑拉出思念

如今我的女儿也喜欢吃糖炒栗子
每次走过街边的炒货店
我和女儿就会驻足
店里飘出诱人的薄烟
我们等着新出锅的糖炒栗子
就像又回到了从前

校园记忆

千佛山脚下
隔了一条经十路
是工业大学
四周注定有着肃穆的气场

八十年代的青年
除了登山和踢球
没有别的消散过剩精力的选择
一场踢进五个球是我的最新战绩
六分钟　又一次打破千佛山登顶记录

高矮树木和绿植
整齐划一地站立在校内道路两侧
复杂的推理和验算
让眼神都充满了玄妙

视而不见也不解风情
面对恣意开放的花朵

长年干裂的嘴唇
不在乎冬天冰窖似的寝室
我还锻炼了冷水洗澡的意志

毕业了
我们恋恋不舍
这里有终身的师长
还有睡在上铺的兄弟
和同桌的你

相信了

忽然多了许多话题
好像鱼儿
对新诱饵产生了兴趣
腊八遇上大寒的节气
让人等不及
由不得说一句
这是最后一个节气
因为相信了季节的轮转
所以知道冷暖会交替

忽然添了许多牵挂
似乎今天
是昨日借着你我
手捧的乳糜在延续
不怕来不及

弥漫相思如缕

因为相信了传说的寓意

所以明白古今在一起

忽然少了许多期许

曾经记忆

勾连着魂牵梦绕的东西

在大寒的节气变得单一

没有放不下

纵使来了又去

因为相信了纯静的魔力

所以清楚

有了反空虚

你看见

情人节又逢大年初三
它们如约而至
年轻人约会相见
不顾外面的雨雪天

我在家里打盹午眠
醒来才想起
可以写一首诗纪念
写给谁寄到哪里不去管
只发到朋友圈
不知谁会看

我知道你会看
会想起当年
我们飞扬的青春

澎湃的激情
正闪烁星光的双眼

你看见
就会让我感到温暖
我们尚年轻
我想对你说
青春不是年华
是心宽
青春不是桃面
而是炽烈的情感

流水情

又是情人节
在江海交汇处
在无边的水面上
每一滴水
都映出我们的倒影
让我们看到彼此的
干净坚定

我们把手伸进水中
如同抚摸那熟悉的面容
彼此的心
随着波浪涌动
不停地翻腾

鸥鹭鸣叫在天空

没有一只看见我们

但只有它们能说得清

流水的心思

却永远不会向我们说明

在江与海交融的地方

我们即将远行

融化的三月

看湖里天空的倒影
蓝天和云朵变得更加迷人
双眼可以直视水中的太阳
湖水把它浸润得更加亲近
水中也有青山和密林
他们在水中招手
呼唤我们走得更远走得更深

三月是温馨融化万物的季节
温润静静地流淌
从清晨直到黄昏

夜晚月亮也融入了湖水
我望着水中那清澈的面容
不停地对你说
你看你看　月亮她多么迷人

蕊的心事

送给微醺的风一缕清香
风儿把她的气息传遍四方
花蕊大胆地袒露着心胸迎向朝阳
注定会偶遇有缘的蜜蜂
一场说好的神秘探访

像淘气的孩子
把头颈探出了躯干
爹娘伸出的花茎擎着握着拉着
为她骄傲又担心她会受伤

却总拉不住她
向上向外张望的
那颗盛开的跳动的
花的心房

春风四月来见你

越发温和的春风
吹来让人陶醉的四月
弥漫了迷幻的伴春入夏的气息
透露出别样的亲切

春风让空气多了几分温存
还有几分悠然　悠然的是你的脸
另有几分矜持　矜持的是我的眼
或有几分神秘　神秘的是你的心
似有几分飘逸　飘逸的是我的魂

春风带我来见你
我走近了你　走近了夏的身体
这是钟情的四月
我们一起迈进阳光的季节

四季兰

轻轻地来到我的身旁
从此　我们的气息
萦绕在一起
白天和夜里
满屋的幽香
沁人心脾
我依恋着你

仙子般走进我的心房
从此　你就是我的新娘
醒来和睡去
每一次呼吸
弥漫心里
我亲吻着你

无声地走过春夏秋冬
从此　你的芬芳
四季洋溢
咫尺和天涯
现在和以后
千里万里
我思念着你

思念是什么

思念是一条河流
你是翩跹的鱼
舞姿把整条河占据

思念是一座山谷
你是疾风骤雨
风暴充斥我的身体

思念是一面镜子
你是窈窕淑女
我中有你
看着彼此就是看着自己

思念是刻骨的伤痛
你是灵丹妙药

千万里我追寻着你

思念是无边的孤独

你是随行的影

我用寂寞把空虚填补

月亮还是家乡的亮

越来越远了
从我那年第一次离开家乡
人说何处不是故乡
那义无反顾的心胸
于我却无法解开衷肠

我宁愿咀嚼着小小的悲欢
像跳出水面的鱼儿
外面的世界再大也是无趣
多大才是大
心不在焉　大与我何干

走远了，故乡就成了远方
要像离开它时那样
穿过云彩逐着夕阳

再驾上舟车才能回到
那个心近的地方

越来越近了
且慢声张
我看到月亮还是家乡的亮

乌篷船

她来过
她还会来
她的面庞在海角天边浮现
娴静恬雅如她
才配得上他的
水乡精灵　水乡风景的
乌篷船

不是天命难为
不为长情陪伴
只是心底的
一丝记忆
坚守着
有一天的遇见

那年的油菜花

那年的油菜花
第一次冲击了青年的双眼
实习的电厂掩映在
一望无际的金色里
那时的绿皮车
踢里哐啷
驶过黄河驶过长江
缓缓地从齐鲁来到苏杭

四周徜徉着
长江上轻柔的风
和着油菜花的缕缕香
吹得每个人的脸颊暖洋洋
蝴蝶在花间飞舞
打探着春天的消息

蜜蜂扑向张扬盛开
那些花的心房

江边油菜花样的女孩
春风拂面慢声又细语
会说话的眼睛
知道你怎么想
不似北方的女生
理直气壮刻苦又倔强
金黄的麦穗扎人痒

风才知道

哪片树叶不多情
哪片落叶不感伤
你看她
曾把树的心事
向世界摇个不停

藉着秋的借口
借着诗的吟唱
随风飘落
片片落叶
离开了树的身体
就像一个个熟悉的背影
正在远去

你的背影我的目光

望着飘飞的落叶

被那萧瑟的秋风

一直吹到

风才知道的地方

遇见

你是天边飘来的云
风儿把你吹到我的天空
阳光把你投在我的身上
我朝着风的方向
追着你远去的影踪

你潜伏在我心里
我们也曾在梦里相遇
你的样子说不清
一转身就遇见
一不留神就离去

来吧
心里的那个你
你我有同样的体温

去吧

风的方向

因为　那里有光

晒成云朵

坐在遗忘的角落
他翻着书页
听着自己的心跳
和着闹钟嘀嗒的节拍

面对虚无缥缈的未来
他分一份安静给大地
平静的湖水接纳山林
厚土默默地孕育着什么

他分一份给天空
那里飘浮着云朵
云以外
蓝蓝的天那么辽阔

云是快乐的

风吹过

它们自由地聚散离合

就算是化作雨

阳光会再把它蒸腾起来

晒成云朵

萱在萱堂前

又是百花齐放的季节
那些盛开的花儿
每一朵都是无忧的样子
玫瑰茉莉康乃馨或是兰
自成风景　笑看人间

什么能寄托离愁和思念
充当我的
借口　理由　更是心结
找来找去最懂的还是萱

有它开在萱堂前
或许才能让她
收起那双望眼欲穿的眼

深秋

又是深秋
敛声屏气的肃杀
让人怅卧在孤寂里
心里空落落的　百无聊赖
就像负债的落叶辞别了
树枝树头
大树也变得心无挂碍
不再有满树的春衣
只等春的到来

一百个心事
纠缠在一起
此时也懒得打理
像极了一个机器般的人
在职场他的 PUA 遭遇

更增添了下沉的孤寂

一颗还在向上跳动的心
它是孤寂的主人
这颗心知道
有位伊人
宛在水中央
也或许在水一方
牵引着远望的目光

倚在深秋的
是昨夜的酣梦
是相思浓在心头
还有清晨的那道彩虹
留在眼眸很久很久

雪中的风筝

雪
铺天盖地
在空中凝结成
晶莹的花瓣
向大地飘飞而来
为田野盖上了冬衣

鸟雀躲了起来
亲手放飞的风筝
在漫天皑皑的白雪里
绽放出彩色的花朵
被雪花遮住的阳光
在云层里若隐若现
四周泛起飘逸的银光

深色的冬衣
被雪花染白
那首老情歌
在冻住的嘴巴里
来回哼唱
藏在心中的火热
比雪花飞舞得更快乐

雪渐渐停了
洗过的天空
高远空灵　干净幽静
天空中只飞舞着我的风筝
今夜你会不会来
那满天的繁星

夕阳下的微山湖

夕阳掩映下的微山湖
沉浸在暮色的辉光里
尽显鱼米之乡的从容与丰腴

三千年前微子曾在湖边伫立
这里的山和水因他而得名
两千五百年前他的后人诞生
这片土地养育了孔圣
一千年前大运河开始纵贯其中
傍湖而过川流不息直到如今

不尽的大运河绵延千里
沟通了南北灌溉了古今
它也是一条缓缓流淌的
时间的长河

带来岁月带走光阴
那滚滚而来又潇潇而去的
除了河水还有红尘
流过昨天流在今天流向明天
没有留下一丝痕迹
却一刻不停

河水载着多少过客
一个又一个来了又去了
他们匆匆的
有人上了岸就不见了
只有夕阳下
长河里的流水默默的
微山湖上静悄悄的

入口入心

又是一天的奔波
还好　妻在车上备了暖水瓶
和玻璃杯里的铁观音
我不停地大口大口地喝下
浇灭了喉咙的火
只为了补水
这茶还真解渴
是的　我不是品茗而是在喝茶

确实　品茗需要心境
大口喝茶那是对茶的惊扰
有仙的山上才有茶
因此　茶曰茗
有龙的水畔才有茶
因此　茶有灵

这是与生俱来骨子里的伴生
它看惯云雾的洒脱　它便脱俗
它得到雨露滋润　它便甘醇

茶有思茶有魂
绿红黑普铁观音
不管口味浓淡颜色浅深
它们的气场是那么淡定而沉稳
大碗茶也是讲究滋润

品茗也需要缘分
品一杯入口
如若豁然开朗顿悟了些什么
它也就入了你的心

牧归

归真

归于心

不必效仿

文王拘而演周易

无须苛求

仲尼厄而作春秋

他有他的富有

夕阳　旷野　山林

都归他所有

还有听他弹唱

懂他的牛

品茗

把门关住
让满世界的喧嚣
在外面飞舞
茶有心　茶有魂
茶心周中系
与人的心魂融在一起

不去想曾经的那个少年
花满地　星满天
不去管
风华正茂　指点江山
秋月春风　万类霜天
任由他
挥斥八极　上窥下潜
斗酒百篇　气壮如山

此刻　时光静谧

轻轻地聚散　静静地弥漫

伴着你我的呼吸

念如丝　香如缕

两颗心系在了一起

月光如水

和如水的你

蝶恋花·星星点点

但见樱花开满园，
细雨霏霏，
迎风舞翩跹。
淡淡浅浅缓与暖，
依依稀稀思和念。

几杯浊酒已忘言，
一壶陈茶，
闲愁抛一边。
许许多多往与昔，
星星点点今和前。

昨夜的憧憬

朝阳又一次缓缓升起
旭日把天边映红

太阳占据了极目的天空
白天看不见星星
阳光下
真实得没有了心境

星星都去哪儿了
一颗颗注视过我的眼睛
群星璀璨的夜空
也曾勾起了我的憧憬
还有梦

昨夜趁着满天闪烁的星星

我梦见了她

还是她梦见了我

那只蝴蝶飞舞着

我们都默不作声

更漏子·山和水

山一边，水一边，山寨水乡依恋。
鹤在天，松在山，绵绵日月间。

云绕山，雨入川，霜染红叶漫天。
夜深深，灯点点，明月照无眠。

寻觅

脚步从未停歇
寻觅千万次
虽然醒来又不清晰
梦中的你
所谓伊人
不知每次遇到的
是不是梦中的那个你

无垠的空间
我用空虚填补
时间还在
正在逝去的
是寻觅的自己

一直在路上

不如朝着一个方向

天道有常

自在春发夏长　秋收冬藏

如梦令·别走

飘叶红残绿皱，孤灯陈酒眉头。
一万个理由，泪眼不忍放手。
别走，别走，
不到梦醒时候。

如水

有人说
流水无情
看它穿过山川
掠过大地
不停留　也不为谁止步
奔流不息　义无反顾

有人说
流水多情
它是溪流是江河是海洋
滋润大地　养育生命
一路上
唱着铮琮的歌曲

水虽轻盈

却能波涛汹涌
水虽温柔
却能热烈沸腾
水虽单纯
却能酿成美酒
水虽平静
却能浇灭烈火
水虽纯净
却能洗去污浊
水虽柔软
却能坚硬成冰
水虽有质
却能随物赋形

有人说
人生似水
水依势流淌
人凭心而动
心性如水性
有时静如止水

有时似水柔情

有时似江海翻腾

有人感叹逝者如斯

有人抽刀断水水不停

水流千遭　人生百代

留不住的是他们

向前的脚步

浪淘沙·五月

又见五月天，绿满人间，雨打芭蕉叶无眠。
孤帆月影夜行船，心急步缓。

似峰回路转，举头望远，无奈春光已吹散。
长风猎猎会有时，正是夏天。

明月经天

往事越千年
来来往往依稀浮现
脑中刻满的画面
浓缩成的纪念不过几天

手捧发黄的相片
擦不掉那张泛红的脸
青涩懵懂如初的笑靥
柔情似水的誓言
再回不去匆匆那年

只当是情深缘浅
雪染了发线
蓦然回首曾经朝朝倚少年
徒然轻叹如今日日侵皓颜

留不住时间

竟也无法让它变慢哪怕一点点

霜风瘦柳秋雨寒山

只有清风不朽明月经天

白云图 / 69cm×68cm / 纸本水墨

白云辑

岭上白云舒复卷，
天边皓月去还来。
低头却入茅檐下，
不觉呵呵笑几回。

——宋·白云守端禅师《无题偈》

天空一直都在

——祝福 2021 年

天空一直都在
云去了又来
有时你感觉世界那么美好
一切都属于你
有时你感觉世界那么糟糕
别人都对不起你
那是自作多情
那是被蛇咬过的条件反射
因为　世界是无意的

天空一直都在
云去了又来
一地碎片　凑合在一起
它不会完好如初
只有找一个新的代替
若是心碎了

也是同样的道理
重新开始
才能焕发生机

天空一直都在
云去了又来
互联网的世界
把每一个角落都拼在一起
头脑中充斥着外在的信息
空心又虚拟
人却成了孤岛
成了云端的一台机器

天空一直都在
云去了又来
逆风也要行
有风好借力
人生得意与失意
全凭自己

七叶禅意

此刻的对面
又仿佛相隔了很遥远

子曰作者七人
辟色辟言
这个其次　却是很难
共枝别干
只能忍把此间权当隔断

释迦牟尼佛祖竹园精舍
后有竹林七贤
玄妙地清谈

也许七叶树的手掌能托起
大有的经文
禅意演绎
因果中点上了沉重标点

落单的云

他是一朵云
掉队落单的云
普通　洁白又纯真
他不想孤独地化成雨
孑然降落在地

他的视线被天边的彩云吸引
人们把那些叫作祥云
被阳光映成彩色
因为他们离太阳更近

在同一个天空下
他想追上云海的队伍
只有静静等着劲风的来临

万里银河

路途中

缘起性空

总有聚聚分分

超凡不如超然

我不敢叫你的名
最好你还没有被命名
任何名字都不配你的纯净

在你面前我开始惶恐
我试图拂去俗世的灰尘
倒掉过往的假意虚情
放空满身的趋利浮名

干脆做一个沉默寡言的人
在天空下沉静地蓝着
在安静中倾听心里默念的回声

置身其中
分明是另一个躯体
唯独没有我自己

不是朝三暮四三心二意
是起于轻狂的勇气
带我来到这里

眼睛看到的
是自己的背影
想绕
却总也绕不过去

世间都是人造的
本该的样子不必去猜
再多的计划
也只有一个留给后人的素白
唯一事实的面前
不值得惋惜　也无法悔改

《易》的素白如同原始密码
朴素地把一层一层剥开

以后　是一串串省略号

注定的一个个素白
留给未来

再超凡也只在同类
极端终有极限

对于会想象的我们
鱼儿才是真正的超然

在看不懂的天书面前
人人变得超然

无于有是最大的超然

人生非线性

除了你我
这个世界上
还有 70 亿个她和他
最遥远的
也只相隔六度空间
和四色猜想的距离
一张网
网住我和你
就像六瓣雪花
与他们勾连在一起

时间沿着你我的足迹
画出一条线
这条线不遵从线性规律
不沿着一个斜率
不经意间

骤然下降　陡然升起
好了坏了
对了错了
它会向上或向下弯曲

我们只顾东奔西跑
浑身背满了包袱
不明白哪个更重要
不知道什么是最想要
恍惚间
皱纹多了　头发少了
年龄多了　岁月少了

情义无价
不明白如何才能得到
只好说随缘　碰运气
其实缘起缘灭和运气
全凭自己
放不下
就算遇到了
也不一定属于你

就像头发
你看不见它　它依赖着你
如果你不善待身体
它们就会离开你的头皮
暴露尴尬你

品行换来运气
若用它换取别的东西
品行就是虚情假意
运气也会离你而去

我们有时间变老
也有时间寻找
那个眼里心里的最想要
放下无聊　腾出双手
有一天你就会抓住
上天的赐予
那是他和她
对你的善良
最美最好的回报

元神

每个人心里
都住着一个元神
他是不变的你
你每天去心房看看他
就能看到本来的自己

当你感觉自己是
一台驱使的机器
为了别人的目的
言不由衷还戴上面具
讨论着无聊的话题
元神会讨厌你

心很大
足以装下

蓝天白云　星空海洋

心不大

装不下八小时内的东西

扔掉无趣　空灵自己

如果一不小心

心事把元神挤走

你就不再是你

从此丢了自己

流星

一道流光
从星空深处走来
又向星空深处走去

或许它走了几万年
你看到它
就把它放进了心里
成了霎时的永恒

划过夜空的流光
它来自哪个世界
带着曾经的讯息
带着记忆
来了又去

流光是时空的行者
一道道穿行在银河
落在眼里
也穿过心河
心空容纳得下整个银河
却容纳不下
刹那无边的寂寞

夜的眼　昼的魂

趁太阳赶去照亮地球另一半
黑暗敞开无边的夜色衣襟

星光下的太湖波光粼粼
太湖是夜的眼　太湖是昼的魂

太湖看到光明和黑暗
比我看得更多记得更深

不睡也不去终极追问
此时只道是寻常心

勿忘我

往事千年
岁月如烟
一若隔世
恍若昨天
一刹一念
结成永远
明灭成幻
我成了你
你便是我
还有那一朵
勿忘我
蓝得那么深沉
爱得那么执着

唯情以露凝

露生绿上灵，
滴滴潜林中。
布谷翅打叶，
大虫且徐行。
掌合叶翕动，
祈请望辰星。
风摇花溅泪，
蕾蕊自多情。
冷暖伴浮生，
一任动亦静。
阴阳各一半，
唯情以露凝。

观宝相寺

济宁宝相寺，始建于北魏，被称为“北朝最初名胜，东土第一道场”。1994 年修葺宝塔时意外发现地宫，出土佛牙舍利，自此复为佛家圣地。

荼靡花开佛见笑
尘缘过往知多少
灵山之上
佛陀拈花　迦叶微笑

那一刻
正法眼藏　朗照宇宙
禅定安然　妙心涅槃
禅意如之
正是妙心

你从远古来到现在
不染一丝尘埃
走过春夏秋冬
踏遍南北西东

哪片嫩叶新花
哪里旭日春风
慧眼照见
四时颜色各不同

是谁敲打着佛音
述说聚散生死往复轮回
启示色身非我无我所
一生补处
采撷光明与黑暗的力量
以道观之物无贵贱
见小曰明守柔则强

走向天边　走在心间
那条最远的路
那份最真的爱
那颗最初的心
归去亦归来
再次放逐
踏入人间的道场

寂寞的世界是黑白的

孤独是值得玩味的
有时略带一丝回甘
是分别后的念想和惦记

孤独是被自己压抑的
有时莫名涌上一袭酸楚
有心酸也有胃酸

孤独是有颜色的
眼睛里凝固的视线
红是盼黑是怨

如果孤独是单向的
那样的孤独就成了寂寞
寂寞是无望的孤独

寂寞是苍白的
如果说孤独是有颜色的
寂寞便是脱去了颜色的孤独

寂寞的世界是黑白的

原始反终

哪里是本来的源
何处是未来的终
五光十色　缤纷在绝顶
生长凋谢　如影随形
一刻也在永恒中
却无永生
只是懵懵懂懂
不明白　为什么
为了谁　有时会感动
或许是天地精华
或许是来去如风
何须开物成务
不管是不是真懂
只相信此生
感动于生者寄也
原始反终

时光不朽

时光主宰万物
它是生命的本质
一切皆是它的依附
时光之外没有存在
无论跑到哪里
你我也逃不掉
时光的控制
哪怕跑得再快
我们也无法与它比赛
就算化作一道光
瞬间三十万公里的穿越
也只是光一秒的距离

我们活在时光里
每一秒都是新的

我们摆脱不了
却也无法一直占有
生命走了　时光还在
宇宙之内
只有时光不朽

时光不朽
不然就不会有亿万年的宇宙
时光的步伐永远一丝不苟
人的意识让时光变化了节奏
过去现在将来
时光编织的岁月悠悠永不停留

除了时光
形不朽有没有
有人说石头
但石头它没有生命
有人把名字刻进石头
就想不朽
哪能不朽

蹉跎的岁月
走了就一无所有
什么也留不下
什么也带不走

碳和水是生命的元素
又多了基因密码
DNA 双螺旋结构
人还有了意识
崇拜超能和永生
探索宇宙
追求不朽

有人说
生者寄也原始反终
乾坤阴阳天道轮回
这些道理虚无缥缈
让人猜不透

用岁月定义时光
是人的感受
岁月是记忆的范畴
若无可记忆
岁月就是虚有
那样的时光对于生命
等于白白流走

我们用诗歌写下记忆
串起了过去和现在
把岁月留给未来
权当不朽

石头记得

地球本就是一块石头
吸引万物在它上面逗留
沧桑无言又忍受

历史也是一块石头
旧石器新石器
化石比它们还要久
有人用石头盖起高楼
有人在石头上刻下文字
有人造出芯片刻满 0 和 1
芯片也只是叫作硅的石头

这些都是石碑
无论新旧
无论多么劳神费力

后代只许它们
在冷冰冰的角落里站立

看着一切，什么都记得
却不言不语的是
真正的石头

救赎之旅

一切花草树木
让春天去救赎
我把它们
留在诗行留在水墨
不必说
都曾遇见都曾来过

一切聚散离合
让爱去救赎
我把思念
留在记忆留在心窝
不必说
多少爱和痛浓了又淡了

一切都可以重来
万物的轮回
像流水不停
又像轻触的木鱼
诵经声声
穿过山林经过寺庙
走进人的心神

一不小心
被你听见
我想说　亲爱的
经文与月光一样明亮
书画与山水一样美丽
诗词与心灵一样干净
每一天的开始
或许都是救赎之旅
一切都可以去了又来了

缘

你在迟疑　甚至怀疑
缘这个东西
不然　那个期许
却没有发生想象中的偶遇
你的暗送秋波
抵不过她的南辕北辙

你不用在意　不去刻意
索性脱掉无趣的面具
相信天在安排
就像云化作雨
她会在不经意的地方等你

绥溪

星汉灿烂　光芒交织
把绥溪照亮
照亮绥溪的
分不出来自哪个星球的光
哪个星球上也有着
绥溪反射的光

当然
每一个聚合体都会发光
每一个灵魂都会闪亮
相互排斥
又相互吸引相互迷恋
靠得越紧光越亮

天道人性

天之上
一定有佛祖在
佛心所系　那定是天道
万物怎知晓
哪怕地上站着一个盖世英雄
哪怕青龙偃月　方天画戟
哪怕三镜六骏　黄袍杯酒
于他　也似蝼蚁小虫
这就是境和界的不同

是谁说过见性成佛
天道之于人　谓之天命
天道之于万物　谓之率性
除却七情六欲
天道的赋予和赠送
是与生俱来的
佛心永恒

量子纠缠

我的目光伴随着
扑棱棱飞鸟的翅膀飞远
一直落在前面的
通惠河上
一条鱼儿跃出水面
顽皮地与我对视了一眼又落了回去
也把我的目光
散开成四溅的表情

这时一道黎明的光
照射在我的身上
仿佛穿透了我的骨骼
我望着那道光
不知它走了多久
让我看到的是哪个时空的

许久以前

你还在吗　那道光的源

同频共振的是

目光和飞鸟的翅膀

还有鱼儿和水的依恋

我和你　那道光的源

相逢是缘

是量子纠缠

说服自己

一直在辩论　我与自己
直到深夜难以入眠
萦绕在头脑中的
是无法用语言表达的
关于真假　有无　生灭
像密码飘来又飘去的东西
或许更像一出戏
去了又来　来了又去

还有那
一二三的禅意
六合十方
一切的过往和由来
我该去哪里
我一直在追问自己

总得找个理由

说服另一个自己

或者把这些交接给梦里

所以　权当想明白了

并假借

大辩无言　欲说无语

知止其所不知的道理

对自己说着你是一条双鱼

让自己慢慢睡去

影子

一个人的影子紧跟着
与他随行　随形
他坐下　影子坐下
他站起来　影子站起来
他跑　影子也跑
他停　影子也停

他对影子说
你好　我的附庸　你要绝对服从
影子对他说
你好　我只是你身体的附庸
你的身体是你思想的附庸
你的思想呢
它又是谁的附庸
又在服从谁的命令

蛇蜥蜩翼也是附庸

而蛇蜩的生命决定于季节和环境

环境和生命

谁是谁的主宰　谁是谁的附庸

是否平等

也好像说不清

有人说　日有所思夜有所梦

是啊

梦是思想直接的投影

少了伪装　多了冲动和憧憬

梦里的人更纯净

梦见的也许就是你思想的原型

恍惚间

也不知白天或黑夜

梦与醒的世界里

哪个更像思想的影子

行者

行者总不满足于眼前
因为他是有腿脚的物种
所以就一定要行走
一直在路上是他的宿命
他走着看着想着

行者的代表除了武松
还有一个大闹天宫的孙行者
他们说
行走等于修行
看见就是获得

行者用腿脚丈量天下
那些山或山之外
那些海或海之内

都自有个中细密的滋味和款曲
走着走着
以为看懂了
却越来越迷惑了自我
看到的并不一定是他以为的

看山还是山
也许只是他的又一次偏颇
只有山知道自己的本色

心驰神往

人的身体里有个神
这个神叫心神
的确　心神是存在的
不然
神不守舍　心神不宁
说的又是谁
心神就在每个人的心里

人会做梦就是证明
睡眠时　心神趁机
跑出了身体
反正神不需要休息
梦里的世界
也不需要你的身体
心神在梦里

逍遥地游来游去
也不管什么
逻辑不逻辑合理不合理
梦最恣意

有人说梦是心头想
有人说梦预示着未来的遭遇
不要相信什么解梦
周公或者弗洛伊德
都只是在推理
当你醒来的时候
心神就会回到你的身体
他只是暂时离开你

不做梦的时候
心神也和你在一起
你们本就是一体
当你出神的时候
心神就会飞出去
飞得又高又远

正如在梦里
心驰神往就是心神要去的方向

心神在召唤你
他飞到哪里
你最好追随到那里
不然你就会被他厌弃
心神虽然会回到你的身体
可是　如果你身不能至
心神就不愿意再尝试帮你

心向往之
那就是心神在指引
你一定要坚决地
奔向那里

意识

人生来就有意识
他的头脑在母体中
已经孕育长成
他用眼睛看　用耳朵听
用鼻子闻　用手触碰
对自然界和社会进行着
条件反射
他在感知

慢慢地
他知道了
好的坏的　真的假的　对的错的
他学习知识
知道了
唯心和唯物
他进入社会

知道了
方以类聚　物以群分

他爱自然的道理
爱因斯坦的相对论
牛顿的定律
他不喜欢社会的复杂
让人变得越来越不像自己
越来越实用主义

道德仁义
这些形而上的东西
穿上圣贤的外衣
摇着主义的大旗
却越来越低级

这些都只是一剂药方
想治好社会得病的问题
变成群体的意识
又谈何容易

梦游留别

回笼觉接不上方才的梦
再回不去梦游里的幻境
就像现实中
走不出想要的旅程
梦里扰动的心神
现实迷乱的眼睛
看不清想不明

无论是梦还是醒
似乎都需要一个假定
这是一个单项选择题
梦里的恣意或妄行
去了西也难再去东
想做的梦偏偏做不成

桃李不言自有春风

留恋固然重要

别了倒是轻松

梦和醒谁能读懂

一个现实

一个幻境

都是幕布上的投影

或许我不知道的是

一只看不见的手

在拉在擎

奢求

越来越近了
它快速扑打着翅膀
那团火红的光和热
已近在咫尺
火苗向它张开热烈的臂膀
这是它的梦寐以求
是它一生的奢望

以往的岁月里
只有月光
指引着它飞的方向
那道月光清冷
让它感觉平淡无奇
且习以为常

此刻　它的梦想　就要实现
这是比月光更亮更刺激的光
激发出它心底的渴望
只有在梦里
见过这样的火热
它向往火热的生活

此刻　飞舞着　飞舞着
它心里也燃烧着一团火
对光的执着
让它着了魔
义无反顾它扑向这团光和热

至死　它才明白
这场真实的梦　是执念　是奢求
除过燃烧了自我
最终什么都没有获得
它后悔　不该那般冲动
飞蛾扑火
不快乐　也不值得

“嗜欲深者天机浅”

那是先哲的苦口婆心

当你厌倦了平淡

一心追逐

本来属于你的机缘和心安理得

也会错过

水面平静下来

才能清楚地呈现出美丽的倒影

映衬出月空

如果奢求水中捞月

只会把水搅浑

把月影惊动

结果　竹篮打水一场空

天道有常　万物皆有所属

不追悔　不奢求

做回自己

才不会错过天机

心斗

一只小鸟
它很快乐
它欢快地叫着
它是自己的主宰
每棵树都是它的
栖息在哪个枝头
任由它选择

一只田鼠
它很快乐
它欢快地跑着
它是自己的主宰
广袤的土地都是它的
在哪里做窝
任由它选择

和它们相比
人并不快乐
一辈子忙忙碌碌
为生存为名利为儿女
做着别人的奴隶
物质的奴隶
身体的奴隶
一生都在服役

人和它们相比并不单纯
生来多疑虑
别看他不言不语
可心里却是风大浪急
自己和自己
心斗不已
爱恨情仇利害毁誉
得失有无大小多少
从早到晚
千丝万缕
一万个心结

缦缦无序
却总是
枉费了心机

冬天使万物凋零
心斗消耗了生命
到头来才知道
输赢并没有那么重要
人的生命
本该更长久

心域

心里记得许多东西
这些东西拥挤在一起

心若像硬盘一样能够分区
我会把这颗柔软又坚韧
良善又多虑的心
分成八个区

我整理着那些记忆
美的丑的　成的败的
盼的失的　喜的愧的
我把它们分门别类放进去

每天我就可以
用脑子里的鼠标把它们点击

点开哪一个心域全随我的意
我用善的美的喂养自己

苦的不去咀嚼　坏的把它删去
这样的区　索性沉到心海的底
起码阳光不让它触及

距离

距离是什么
有人说距离是高度
可上九天揽月　可下五洋捉鳖
有人说距离是远近
盘古开天地　上下五千年
有人说距离是感觉
海内存知己　天涯若比邻

有一天　我做了一个梦
梦见自己来到了外太空
星汉灿烂　整齐有规律
靠的不只是万有引力
光的速度不是极限
穿过某个时空
光会偏转弯曲

黑洞　暗物质　暗能量
整个太阳系无法企及
宇宙加速膨胀
量子纠缠不需要距离

人们也曾不知道有空气
不懂大地是个球体
不懂磁场和电这些东西
不懂能毁灭地球的核武器
还以为
人是万物的主宰
春夏秋冬是天经地义

人不停地走在
探索宇宙的路上
接近另一个世界
也许没有距离
人就是宇宙之一
巡天遥看一千河
坐地日行八万里

爱是私心

朝四暮三还是朝三暮四
这是猴子的直觉
它们不相信简单的计算
只是不想错过
也不相信狙公的承诺
只想抢个先

一个人带着会变的面具
意气风发　声色犬马
你你我我　得失分合
就像一个小孩儿
有许多玩具
可以满足他不同的兴趣
扮演各种角色
玩刺激的游戏

他希望玩具越多越好

才不去想忠贞和唯一

更不去管他

何为心物一元

什么是道体合一

抑或是盲人摸象　分河饮水

哪个才是道理

有时也会假装苦恼

叹息一声

不得已

游于彀中

虽然我在不停地奔跑
又能跑到哪里
没有人能够逃掉
我仍是一个靶心
一生之内　百年之中
利害与生死之箭
一直在瞄准中
总有一天会把我射中

这是个矛盾的世界
有些东西
你争我夺
却不一定能得到
只有心机枉费
却失去了自我

不如静水深流　止水澄波
水静止了
才能够把污浊沉淀
人静下来才会更透彻
安之若命
并非无可奈何
那是幸福的选择

是的　幸福是唯心的
就连神仙也把
只生欢喜不生愁
作为幸福的秘方
任他总有万般本领
也别无他法
何况你我
更待如何

生命里的纯粹

拨开层层迷雾的遮挡
才能看到
万丈光芒的太阳
撕开密密蚕茧的束缚
才能飞出
化茧成蝶的翅膀
冲破厚厚泥土的禁锢
才能长出
破土而出的麦浪
挣脱紧紧龟壳的包裹
才能唱出
蝉鸣声声的激昂
它们都有自己的纯粹

一颗完美的钻石

在显微镜下

放大几十倍　结构依然坚实紧密

放大数千倍　看到的是

一个个碳元素

煤炭也由碳元素构成

食物也是碳和水的化合物

碳元素因排列不同

而有了不同的质地和外形

这是物质的纯粹

有人说人生如烹如蒸

煎和熬让食物变得美味

让人披上五颜六色的外衣

包裹着一层层的伪装

显得世故和油腻

眼睛也变得杂乱和迷离

浑身散发出耐人寻味的气息

然而

每个人心里

都安放着一个
叫作纯粹的东西
沉睡在深处
做着自己
有一天它会醒来
它充满活力
它会剥开伪装　脱掉外衣
把浑身的不自在打落一地
它是生命的纯粹
它会发光　会飞翔　会歌唱

仅此而已

花儿静静地飘香
不是供人欣赏
而是生命的状态
就是这样

雁阵飞出人字
不是造型要酷
而是相互借力
一个方向

蚂蚁排列成行
不是装模作样
而是跟随同伴的气息
不会迷茫

显微镜下
能看到本真
太空深处
会有更多的奥秘
他们的深刻
叫作规律和秩序
鹰击长空　鱼翔浅底
它们独立又群居
自在又统一

人聪明又糊涂
目空一切
孤芳自赏
叫嚣未来已来
战天斗地
却迷乱了自己
走不出物理的定律
逃不过生死的迷局

人生存在于一间回音室里

里面回响着

同样的声音和话题

强化着自我的信息

自娱自乐　孤僻封闭

室内的群体

简单盲从极端又情绪

思想一致意识单一

用人的尺度

个人的好恶

衡量着万物

可笑低级

天高

有日月星辰

地阔

有万物四季

不分先后没有第一

这就够了并无须多言

仅此而已

陌生的魅力

陌生让人不理解
甚至怀疑它的真实
存在的不取决于感知
总是道不尽
这是个不可言说的世界

井底之蛙
看到的只是一隅
它看不到更大的天空

岁月去了又来
就像游走在
莫比乌斯的环
先哲也曾说过
原始反终

人在方寸之内
思想飞出地球之外
爱因斯坦打开一扇窗
相对论区分着狭义和广义
因为他知道
认知有局限
除相对之外
宇宙还有更多的奥秘
陌生更有魅力
未知更有魔力

有人不解困惑
有人犹疑忐忑
有人不知所措
有人幻想猜测
有人明知故问
有人忘乎所以
有人欲擒故纵
有人保守秘密
有人至死不说破

有人自己还不知道

他已坠入了爱河

仿佛掉进

克莱因之瓶

在那无尽的四维时空里

出不来了

时间它真的存在吗

2021 年二月二龙抬头
恰巧是 3 月 14 日
我想象着用无数种可能把时间填满
试图让它看起来更有人间的意义
更值得纪念和留恋
314 让人想起圆周率
今天出生的孩子可以用它取名
或者索性就叫作“π”
这是数学和人文结合的完美创意
1314 粤语读作一生一世
这样的日子里适合听一曲
张学友的《祝福》
提醒我“伴你走过每一个春夏秋冬”
龙抬头这一天去理个发
好让自己一年里都显得龙马精神

岁月和年龄还有生死
这些是人对时间的理解和定义
却不能说清楚时间究竟是什么东西
我们也用长河形容时间
地球绕着太阳又转了 2021 圈
我们把它记录为时间的长河
自公元元年至今流逝了 2021 年

宇宙浩渺
空间始终在运转
无论生死万物走不出空间
它们变换不同的样子一直在里面
与它们同在的是空间不是时间
因为万物能走出时间
有一天它们从时间长河出来上了岸
就是和时间说了一声再见

时间真的存在吗
不然我们怎会不停地呐喊
时间都去哪儿了
还没好好感受年轻就老了

路 / 69cm×68cm / 纸本水墨

万木辑

朝云蔼蔼弄春晖，
万木欣欣暖尚微。
造化未尝私一物，
各随妍丑自芳菲。

——宋·欧阳修《春帖子词》

松柏的坚贞

交喙鸟在山中的松林里
时而落在枝头熟练地啄食松子
时而欢快地打闹做着游戏
时而嘴里衔着松子飞来飞去
它们鸣叫的时候
松子随处散落在山里

有一颗掉落在岩壁的夹缝里
这颗松子待在岩缝里
每天感受着阳光晒暖的岩壁
偶尔也会有几滴雨水落到这里
它发现这里有泥土
虽然不多
对它来说足够了
它深深地扎下根

一直把根扎进了石缝里
不管这里多么贫瘠多么干旱
它坚定地生根发芽
破壁而出
一天天地长大
长成了一棵松柏

松柏顽强生长
在荒坡　在山谷
在岩缝　在森林里
无论在哪里
它都奋力向上
笔直挺拔坚毅
森林是它的广阔天地
那里是它的舞台是它的家
在那里它是苍松翠柏
成千上万一望无际
与万树千花汇聚成了
苍茫无边的万木椿湫

有时它被栽进园林
也决不以曲为美
它坚守着不屈的品格
不理会人的赞扬或指责
它把松针紧紧簇拥在一起
倔强地长成金字塔
长成丰碑的模样

它四季常青
从不惧怕风吹雨打
它生来气质高雅
与梅与竹结成岁寒三友
它骨子里坚贞执着
有天地赋予的非凡气节
它终身坚定不移
恪守一方无愧年华

面对它
惭愧的是溪水是山洪
是流水般的岁月

还有轮回的季节
以及善变的温差

松柏的坚贞是不变的
有人想要发下誓言
最好是在松柏之下
有它的见证
誓言是无法篡改的

对美的谦卑

从未静止过
时光是最坚定的带路者
在它的带领下我们一直向前
没有一个逆行者
每一刻都是新的
我也是新的
并不同于上一刻

空间总是有限的
就连地球也显得拥挤
时光却是无尽的
增加的皱纹
思绪越来越多
就像解不开的绳索

质朴与简素

无动于衷与寡淡乏味

是一次次腻烦后的回归

侘寂也是一种对美的谦卑

观河南春晚《唐宫夜宴》

时光若能停滞或能倒流
此刻的明皇贵妃
正执手相庆在唐宫
十四位雍容的唐陶仕女
舞动着她们的青春
那时的她们
霓裳羽衣鬓云腮香
仙袂丰腴娇姿欲滴
和着盛世夜曲
演绎着大唐气息

我们围坐在一起
看着一场穿越剧
人在围观
其实都是在照镜子

照见的是
恍若隔世的先祖
又分明是邻家的女儿
那翩跹的舞姿跳动的
何尝不是年轻的
她们顾盼回眸的思春曲

盛极一时便寡淡了
坏到极点再来都是好的
这样的周期律
来了又去
不管它是非对错
只叫人舍不得

即兴第 27 号

那么抽象
只看了一眼
我就心神不安

是他潜藏得太深
还是我在忧虑着什么
抑或是我们都太多情了

看着康定斯基的即兴第 27 号
我试着用最纯净的方式想他
把层层面纱剥落
想象中他是我童年的玩伴
我们背起书包学画写歌

信手拈来随意涂抹

画的究竟是不是

牵着手的亚当和夏娃

一条蠕动的蛇

还有黄经 75 度太阳的照射

不想太多

不然想多了

我们都倍受折磨

捡拾晚秋

银杏林披上了黄金甲
把最后一抹秋
涂成热烈的金黄
无风的晚秋
显得越发的冷静
一切安静了下来
金菊红枫黄橙绿橘
迎接着三天后的立冬
又像是静待某一刻的发生

拜登特朗普在比武
选个总统这次不知靠不靠谱
阿里拥抱监管
蚂蚁金服成了马已今服
静谧的暮秋浅冬时光

看着人们的奔波与枉然

落叶舞在季节的转角

我们又能抓住多少

捡拾多少

那双战友的黑手

你以奇为名
你说　自己一直都很帅
你说　你笑得从容自然
昨天　你却走得很突然
去了游族的玄幻空间
你走出了时间

只有时间不会撒谎
时间不看谁的表演
未来的时间里
究竟有什么
谁又能知道
谁又能预见
纵使你有权
即使你有钱

哪怕你能掐会算
人心不是你说了算

这是网络空间的现实版
故事没有预兆
他们已阴阳相隔
他不知道
曾经的战友蓄谋已久
那双黑手
狡诈残忍不眨眼
笑容迷乱了
那道幽暗的视线

多少人为金钱红了眼
多少人视利益大于天
多少人一怒为了红颜
多少人争立场翻了脸
多少人狭隘心存恶念
多少人爱面子重于山
多少人贪婪不留情面

多少人死于口无遮拦

多少人守着一条底线

多少人另一面看不见

人在围观

以为看傻子

其实是在照镜子

看到的仅是表面

离真实很远

你怀疑人生　怀疑人性

但不得不接受命运

你死了

别人在狂欢

最初来到这个世界

不得不来

最终离开这个世界

不得不走

人游走在虚拟与现实之间

活着就是为了活着

不是为了别的

君不见

游族的网络空间

再热闹也是枉然

迭戈·马拉多纳纪念

还记得
那次腾空而起的上帝之手
还记得
那次过五关斩六将的长途奔袭
你静如处子动如脱兔
像一道闪电
再敏捷的反应
哪怕眨眼都来不及
整个世界为你屏住呼吸
1986 年的世界杯属于你

你挥舞着蓝白球衣
唱着赞颂祖国的歌曲
因为有了你
世界杯因此变得不同

你是光　你是电
你是艺术大师
你一往无前　任它暴风骤雨
全世界的目光都注视着你

耳畔响起那首忧伤的乐曲
DON'T CRY FOR ME
我想　坚强率真如你
你此刻一定会说
足球　不要为我哭泣
阿根廷　不要为我哭泣
世界　不要为我哭泣
我已成为许多人永恒的记忆
我永远和你们在一起

生于 60 年代末

生于 60 年代末的人
大概很像梅花
他的人生由此开始
物质匮乏寒冷肃杀
天灰蒙蒙人冷冰冰
他享受折磨排斥舒适
战天斗地
雾气朦胧看不清

不似他的父兄
分辨冷暖明白时令
随着东风西风
心里的镜子
惹上尘埃
自己也能够吹干净

他像极了

开在苦寒里的一朵梅花

以为那是天命

等着那个花下醉的人

手持红烛来看他的残影

三十年后又一个夏天

都来不及准备
不论是心理抑或夏装
天便入夏了
稍一活动就会汗流浃背
车上也要开启空调冷风
这更显出春天的短暂和易逝
Hold 不住 她的脚步

夏天是热烈的
骄阳似火燃起一片蛙声蝉鸣
夏天是生长的
风行雷动万物都张大了毛孔
夏天是明朗的
语言不再含蓄而掷地有声

说起夏天

最难忘的是 1990 年

亚平宁半岛激荡着奔放与狂野

耳畔犹闻意大利之夏的歌声

那时的他们那时的我们

现在都增加了三十岁的年龄

三十年后又一个夏天

不同的是

今年的夏天

足球赛场没有了观众

庚子年的感恩节

感恩节提醒人们
总该想起些
让你感恩的人和事

有人说要感谢上帝
《圣经》说
上帝无所不在
你感恩的不具体
有人说要感谢如来佛
《金刚经》说
无所从来亦无所去
是名如来
如来在每个人的心里
他们都是很玄的
形而上的东西

当新冠病患用上了吸氧机
他会想起
呼吸了一辈子
也不用向谁付费的空气
他说要感恩空气

上帝　如来和空气
他们大爱无疆
他们的胸怀博大无极
他们始终包容着我和你

我们要感恩这一切
感恩朝露　感恩晨曦
感恩春夏秋冬
感恩今天和过去
还有和我一起呼吸的你

无雪

大雪时节
此刻的天空没有下雪
北方的某个地方
总该在下着雪吧
老祖宗的计算向来准确
难道今年有了不同

今年确实不同
荧惑守心
2020 像在做梦
从年初到年终
没有一天平静
霍普金斯的数字
每天都在攀升

翻开日历本

还好　今年没剩下几页了

还有 4 周就要走出庚子局中

52 周的日历快要合上

合上的那一刻

这一年将丢进故纸堆里

让它和过去一起变黄

是醒还是梦

睁着眼也看不清

睡着了却能独醒

有时　真的不愿睁开眼睛

大世界小人间

今天是庚子年的圣诞
晨曦初上
朝霞还没有把天边映红
如织的车流开着灯
无奈地排成徐行的长龙
年轻人
互相发着祝福的微信
偌大的城市
显得局促拥挤
它是谁的

新冠们在附近
盯着来来往往
一个一个
自恋矜持而又陌生的人

他们无处躲藏　无处容身
世界再大
人也只身处一隅
时间再久
此刻也是转瞬
相看的是无助的眼神
哪里有
呼风唤雨的神

冬雨

人们换上了冬衣
外面下着冬雨
树上的叶子都凋谢在地
被碾成了泥
山变得有些灰蒙光秃
冬天露出一张铁面无私的脸
冬天挥舞着一把冷漠肃杀的剑

赶路的人
蹙紧了眉头
行色匆匆的脸
互相不多看一眼
一年又快过去
留不住
时光向前奔跑的脚步

生与死是零和游戏
是那寒风中飘落的最后一片黄叶
是那钓竿和水里的鱼
是那棵树和那只野兔
是那 ICU 病房里最后一口呼吸
是那告别 2020 年第一天的 2021 年

谁也拉不住时间的脚步
何必叹息
刻画着眼角的皱纹
无须忧郁
加速了生命的老去
再难熬
也终将成为昨天
再回首
任他飞扬跋扈
终将化作云雾
不知去了何处

理想不上班

——写在 2021 年第一个工作日

有些人把工作当成爱好
他们享受快乐
有些人把工作当成事业
他们责无旁贷
有些人把工作当成谋生
他们枯燥苦涩

有人大爱无疆
有人无私无畏
有人奋发火热
有人殚精竭虑
有人坚定无我

有人举着道义
有人大谈使命
有人谄上骄下

有人趋利避害
有人争权夺利

有人深爱着什么
即使老了
也仍执着

有人为了活着
为了房和车
虚情假意
人来了
心在委屈煎熬着
即使苦涩
也心甘情愿做个桑丘
跟着堂吉诃德

有些人
他的理想不上班
下了班
他才快乐

古典的反义词

有人说古典的反义词叫作现代
还可以叫作新潮或最近
我说，都不对

古典定格在那里
有一种伟力
承载着压缩在一起的过去
融入血脉　走进心里

现代是进行时
不停地在迭代
时过境迁又转瞬即逝
归于实用主义
更不要说新潮了
那只是心血来潮罢了

古典的反义词可以叫作粗俗
因为古典包含太多的美
而粗俗的反义词却不是古典
因为它不配

白了山水亮了眼睛

梨花白了山水亮了眼睛
白色是生命的底色
有了白水的灌溉我们才能活着
梨花带雨也只有贵妃才配得

白色是富有的
饱含七彩的成分
它是光谱中所有可见光的混合
不偏不倚达成了统一的白色

白色是自信的
虽然混合了那么多
索性就把白色认作那是本来的自我

白色是洁净的

白雪也因它而得名

白色是深情的

雄鸡一唱天下白

那祈盼的呼唤的是光明是未来

它的影踪

它是一条变色龙
在变换的环境中
端出多样的表情
发出不同的叫声
在同类的眼中
切换着可爱和可憎

有时，它摇头晃脑
有时，它一本正经
有时，它细语慢声
有时，它声如洪钟

有时，它哇呀呀
有时，它哈哈哈
有时，它叫喳喳

有时，它嘤嘤嘤
有时，它嗡嗡嗡

有时，它是鸟
有时，它是猫
有时，它是狗
有时，它是虫

有时，它学猿啼
有时，它学狼嚎

有时，它按着程序
有时，它遵照议程

有时，它扮演孙子
有时，它演的是祖宗
就是演不出它自己的原型

邦戈鼓点

忽然　捕捉到
一声转瞬即逝的
邦戈鼓点
敲打我的心弦
振动我的神经

飞来的微信
唤起我一丝慌张
心神重又回来
刚才我把自己忘了

一天有时很短
有时很长
急促忙乱着脚步
踏在荒唐的虚拟土地上

对时间的定义

要加上滋味和重量

那份浓淡轻重的估量

北京的地铁站

摩肩接踵
水泄不通
每天清晨
地铁甬道里
拥挤着黑压压的一片

像无数只蚂蚁和蜜蜂
密不透风地前行
嗡嗡嘤嘤
又像密林里的树叶
哗哗哗地
东倒西歪摇个不停

每一天
开始得都一样

同一个时空
同样的环境
听着彼此的鼻息
节奏一致
去的方向也相同

行囊背在
每个人的肩上
五颜六色各自不同
行囊也装在
每个人的头脑中
千奇百怪有重有轻

哪怕彼此见过
也无人搭讪
更没有心情
铁流滚滚
开往终点
认准了自己的那一站
他们大步流星

行色匆匆
目不斜视
走路带风
如入无人之境

还好
就算再美好
哪怕再难熬
一天总会过去
明天也会来到
不管你愿不愿意
感觉好还是不好

春天里的妇女节

多愁善感遇上惊蛰的节气
三月八日归妇女
她的脸上洋溢着笑容
心里流动着知足的窃喜
她要参加工会组织的健康讲座
之后还能提前下班
早点回家买菜做饭洗衣
今天在整个春天里她最满意
这是新社会赋予她的权利

能歌善舞的她梦想前世恍惚依稀
那时她正在唱京戏
灯笼映红了鬓边海棠
兰花指捻动着红尘
三尺红台上轻叹似水流年

上演的或许是霸王别姬

如今她成了劳动妇女
国际劳动妇女节就是为她设置的
半边天的称号让她很神气
当代巾帼都似花家木兰女
风尘仆仆代替了红尘滚滚
每天唱的是咱们工人有力量这首歌曲

五四青年节

明天立夏
今年的五四是春天的最后一天
伴随着季节的脚步由春走到夏
又一波人脱去青涩倔强步入壮年
他们正在告别青年不再年轻

当太多
复杂压缩着憧憬
曲折迟滞着冲动
沉默化解着轻狂
坎坷钝化着热情
还有更多带不走的云彩
这是一代一代父辈的提醒

往往一瞬才是永恒

才是永远年轻

就像蒙娜丽莎嘴角神秘的微笑

马拉多纳上帝之手与皮球的触碰

双手紧握钢枪的雷锋

我试着搜寻这平凡的半生

想找几个瞬间几个曾经

把它们标记成自己的永恒

回想着那时候的自己

还真是年轻

醉高歌·冷暖

残冬冷月如冰，夕阳西斜晚风。
雪挂枝头霜满庭，一轮捧出蟾宫。

冷暖耳畔叮咛，共话笙幽瑟融。
进退得失如幻境，未醒不知是梦。

庚子龃龉拘狭，辛丑氤氲醇化。
举酒邀月折桂花，醉卧梅影灯下。

天命三年无他，往复春秋冬夏。
白云苍狗多变化，笑看沧桑浮华。

蝶恋花·光阴

寒来暑往一年了。
雪花飘飞，薄雾山中绕。
额上华发搔更少，
日月无言空寂寥。

春来杜鹃秋叶凋。
明日几何，待时光静好。
笑看天边已破晓，
有情却惹岁月老。

浪淘沙·顺其自然

暮秋又一年，枫红霜天，
举目四顾心茫然。
一片苍凉孤飞雁，
该向哪边？

人生忽且短，无可纪念，
庚子玄机诉不堪。
凛冽寒风今再起，
顺其自然。

水调歌头·梦游故地

黄河富宁夏，贺兰屏风沙。
越六盘山高峰，瞻西夏王陵。
望腾格里沙漠，听清真寺诵经，梦故地神游。
沙湖鸥鹭鸣，何须江南风。

天地间，乾坤转，易变换。
寒暑五十二年，不长也不短。
不悔往者崎岖，无惧前路波澜，人间事看淡。
莫道无知音，去留谈笑间。

卜算子·知天命

知命已三年，耳顺亦不远。
荣辱悲欢过半生，鬼魅魂不牵。

去留云烟事，聚散凭姻缘。
待到夜伴婵娟时，无言也无眠。

丑奴儿·夜航

2019 年 12 月出差欧洲拉美有感

月明雪静夜未央，整理行装。
再次起航，鹏程万里扶摇上。

多少雨雪风霜，何处无芳。
荣辱已忘，东风春信寒梅香。

如梦令·忆宁夏

梦回塞上江南，再登贺兰六盘。
沙湖出沃野，葡萄枸杞香甜。
上看，下看，黄河之水连天。

念奴娇·齐都怀古

1990 年济南至青岛高速公路建设期间，在淄博市临淄区境内发现春秋殉车马，遂建成齐古车马馆，便有了今天地上车辆川流不息，地下纪念古迹，不由得浮想联翩，填词以明志。

如梦如幻，风吹散，万般旧事成烟。
争霸天下，遥指处，春秋齐国故都。
旌旗猎猎，铁蹄重甲，千乘万骑，腾起漫天沙。
锦绣河山，中原多少英雄。

曾经小白桓公，管仲也来了，北击南伐。
金戈铁马，挥袂间，九合诸侯麾下。
千年虽远，壮怀仍未泯，龙马尚精神。
齐风韶韵，一曲唱和古今。

武林春·美国大选

你方唱罢我登场，两个白头翁。
一觉醒来拜登赢，候任入白宫。
随心所欲亦忘情，川普忽梦醒。
各领风骚没几年，来回翻烧饼。

定风波 ·辞旧迎新

辛丑牛来庚远行，浅草早莺绿红生。
梅领群芳开百花，看那，一江东去浪涛声。

丝丝春雨雾朦胧，静听，鸟鸣晨钟映山红。
料峭春风绿渐浓，归来，也无阴霾也无病。

小桃红·一江春水两岸山

一江春水两岸山。
杜鹃映满天，
烟雨三月十里红，
却无声。
层林尽染竞烂漫。
沁润心田，
柳绿花间，
腹内有洞天。

画堂春·东风拂柳绿罗帐

东风拂柳绿罗帐，
雨燕栖巢双双。
桃花初放秀红妆，
只恁芬芳。

蓝天碧水共一色，
任凭鹰击鱼翔。
纸鸢斜倚彩云裳，
心自飞扬。

时光的胶囊

今天过去
喧嚣被封存在又一个
时光的胶囊里
或许不会有人
再去打开
再去品尝

夜已深
一切静下来
世界本来就是静的
或许清幽寂静
属于自然
属于内心

入睡了

人停止了言语

或许无言无语

才更澄明

才更纯净

立春·万木椿湫

立春了
春风拂面
她来得理直气壮
一出场
就推远了冬天的
沉闷和感伤

立春了
春光明媚
她博爱无私慈祥
空气变得温暖
阳光打在每个人的脸上
暖在心上

从一抹新绿开始

万物复苏万象更新
春的五彩丝线
连接起
草色青青　花儿吐蕊
莺飞草长　彩蝶飞舞
乱花迷眼　鸟儿歌唱
争奇斗艳　馥郁芬芳

春舞翩跹
从容而优雅
一幅幅春的图画
描绘春深似海
长长的美丽画卷
一声声春天的交响
歌唱万木椿湫
重重的辉煌乐章

辽阔依然

时光沿着时间轴穿行，一刻不停
过去的曾经似一个个多米诺骨牌被拥倒在地
再也爬不起来，回不去哪怕只是刚才
莫比乌斯环缠绕着过去现在和将来
谁也走不完那无尽的循环
克莱恩瓶的四维时空
无边无界不会终结也分不出内外
无论什么掉进去，就再也出不来

这些都不算辽阔
辽阔的不一定是长度宽度高度
也不是时间的远近，空间的大小
而是人的心胸，是眼界

看他挥毫泼墨把山川河流收进方寸画轴

看他铺陈宣纸笔走龙蛇一挥而就
看他琴瑟铮铮舒展着广袖
即使在咫尺书斋
我也能进入那个世界，身心辽阔

辽阔也不需要言语
言语像一颗颗果子表达不出果树的本体
言语是加工过掺假的东西
不言不语才可以心驰神往地思想
容纳得下所有
不再非此即彼，非黑即白
方能原始反终
上下五千年，辽阔依然

鼠道牛来 / 69cm×68cm / 纸本水墨

代跋

——我为什么要出这本诗集

文 / 李宝森

2019 年底至今，肆虐全球的新冠疫情给人类带来了巨大的灾难，给世界带来了猛烈的冲击，给我们的生活带来了深远的影响。按照防疫要求，我所在单位原计划的出国任务、国际会议大量减少。许多工作或者干脆取消，或者索性改成了网络方式。疫情形势严峻的时候，我们还要连续几周居家办公。

于我而言，疫情的影响也是巨大的，与以往相比，我的生活方式发生了深刻变化。回想 2019 年，我几乎每个月都有出国任务，连续国内国外飞行。一年间，几乎没有一天闲暇，整个人都处在高负荷、高强度、高度紧张的状态。然而，疫情改变了这一切，也让我稍微慢了下来，有了些许自己可以支配的时间。加之，这一年我又得了带状疱疹和反复多次的牙病，治疗期间我不玩游戏，很少看电视，也无其他娱乐爱好，又很少聚会和外出。因此，我在这一年多的时间里确实增加了很多独处的机会，有了更多的思考和创作时间。同时，我利用这段宝贵的时间，对以往的作品进行了较为系统的回顾整理，遂有了出一本诗集的想法。

2021 年辛丑春节前夕，几位好友得知我有此心愿，便在春节假期，经过配音配乐配图等精心编辑后，陆续发了我的五篇原创拙作到网上，权当给大家拜年。这五篇诗作分别是《天空一直都在》《守望》《早春的脚步》《飞雪迎辛丑》《水的灵动》。每一首都受到较为热烈的关注和好评，这更增添了我将作品面世，与读者分享的信心。

也许有人会说，人都上 50 了，天命之年还出什么诗集呀？还有人会说，你要不起一个笔名，低调含蓄点。这确实是近亲挚友在为我着想。可是，我觉得自己心未老仍年轻，也没必要扭捏不好意思。就像影院新上映了动画片，我几乎都要去看的。有时，整个影院里，只有我和妻子两个老朋友，其他的人，皆是一对对小夫妻带着小朋友。散场时，听着孩子们的叽叽喳喳，我们也边走边兴致勃勃地聊着动画片里有趣的情节，我们由衷地兴奋，绝无一丝尴尬。所以，我们的心还年轻，我们尚青春。

是的，青春不是年华，而是心境。青春不是桃面，而是炽热的感情。岁月有加，锐气更盛，没有追求，方坠暮年。岁月悠悠，衰微也许只及肌肤，只有不断接纳美好、希望、欢乐、勇气和力量的百川，才能青春永驻，芳华长存。只要虚怀若谷，喜悦、达观、仁爱充盈生命，即使百年仍是年轻。

激扬文字、创作诗歌无疑就是焕发青春的途径。诗歌是人类历史重要的组成，是人类文明的瑰宝，是人类进步的阶梯。诗歌是徜徉的溪水，是奔腾的江河，是博大的海洋。诗歌是手中拒绝庸俗的利剑，是面对粗鄙的武器，是言物咏志的朋友，是优雅高贵的爱人。诗歌让人热爱生活，让人感悟人生的真谛和美丽，让人看到事物背后的真情和故事。

我自幼在家庭的熏陶和祖父与父亲的关心指导下，对传统文化和历史产生了极为浓厚的兴趣，阅读了大量的经史典籍，受到了严格的教育，学习了丰富的国学知识，打下了坚实的文化基础，积累了扎实的文学功底。从孩童时期开始，我就养成了写作习惯，几十年笔耕不辍，创作了丰富的诗歌和散文作品。

这本诗集共收录了我多年的原创诗歌作品共180篇，这些诗歌记录了我的所思所想所感所悟，选取的诗作多是现代诗体。书名取为《万木椿湫》，主要有四方面考虑：其一，寓意茂盛繁荣，故用“万木”二字；其二，寓意岁月长久，故取庄子“大椿”“秋水”意，用“椿”“湫”二字；其三，“春木”为阳、“秋水”为阴，寓意“万物负阴而抱阳，冲气以为和”；其四，“椿湫”谐音“春秋”，寒暑易节，四时轮替，以此歌颂生命的循环往复和生生不息。

对美好的热爱和礼赞是诗歌的初心和使命，每个人都有爱，每个人都能成为诗人。生命不应该是生硬的，不应该是枯燥的，不应该是机械的，生命无法完美地预设，生活也不需要设限。只要我们既关注个人、关注欲望，也品味人生、拥有点滴家国情怀，并且肯把心里的爱记录下来写出来，那就是你的诗歌，就能感动自己、感动他人。

这本诗集创作、成集和出版的过程，得到了诸多亲朋好友的鼎力支持。在与你们的交流过程中，我看到了你们内心正澎湃的激情，看到了你们眼里正闪烁的星光，看到了你们脸上正飞扬的青春，看到了你们周身正散发的光辉。正是你们，让我感到了无比的温暖和美好，让我坚定了信心。在此，我向你们致以深深的感谢和崇高的敬意！

2021 年 7 月